GOLDMANN

Buch

Maggie Charnell kann sich über den Tod ihrer besten Freundin Cindy, die bei einem Autounfall ums Leben kam, nicht hinwegtrösten. Damit sie auf andere Gedanken kommt, besorgt ihr Vater, Chefarzt einer Klinik für Transplantationen, ihr einen Ferienjob auf der Kinderstation des Krankenhauses. Dort lernt Mag Donovan kennen – und lieben –, der dringend auf eine Lebertransplantation wartet. Donovan erhält eines Tages von einem anonymen Spender einen Scheck über 100 000 Dollar, mit dem er sich seinen größten Wunsch erfüllen soll. Und Donovan hat auch schon einen Plan. Doch dazu braucht er Maggies Hilfe, und niemand darf davon erfahren …

Autorin

Lurlene McDaniel ist Autorin von über 35 Jugendromanen. Neben ihrer Tätigkeit als Schriftstellerin und Redakteurin eines Jugendmagazins ist sie sehr aktiv in ihrer Funktion als Schulsprecherin für verschiedene pädagogische Einrichtungen. Lurlene McDaniel lebt mit ihrer Familie in Chattanooga, Tennessee.

Bereits von Lurlene McDaniel u. a.
im Goldmann Verlag erschienen:

Carrie – an einem Ort zwischen Leben und Lieben (8244)
Melissa – wir lassen dich nicht allein (8245)
Amy – ein Leben für ein Leben (8246)
Jory – jeder Abschied ist ein neuer Anfang (8247)
Erin – am Ende eines dunklen Tales (8249)
Shannon – Liebe heißt verzeihen (8250)
Anne – sechzehn ist zu früh zum Sterben (8259)
Sarah – ohne Vergangenheit keine Zukunft (8260)

Lurlene McDaniel

Maggie

– nur einen Sommer lang

Aus dem Amerikanischen
von Vera Eigenberger

GOLDMANN VERLAG

Die Originalausgabe erschien unter dem Titel »Let Him Live«
bei Bantam Doubleday Dell Publishing Group, New York
Deutsche Erstausgabe

Umwelthinweis:
Alle bedruckten Materialien dieses Taschenbuches
sind chlorfrei und umweltschonend.
Das Papier enthält Recycling-Anteile.

Der Goldmann Verlag
ist ein Unternehmen der Verlagsgruppe Bertelsmann

Umschlaggestaltung: Design Team München
Umschlagfoto: Thomas Schmid, Riederau
Satz: Uhl + Massopust, Aalen
Druck: Elsnerdruck, Berlin
Verlagsnummer: 8262
Redaktion: Sabine Dolt/SK
Herstellung: Sebastian Strohmaier
Made in Germany
ISBN 3-442-08262-5

3 5 7 9 10 8 6 4 2

Kapitel 1

Maggie Charnell lenkte ihr rotes Kabriolett schwungvoll in die einzige leere Parkbucht der überfüllten Tiefgarage des Washington Memorial Hospital. Sie kam mit kreischenden Bremsen zum Stehen, schnappte sich ihre Handtasche und ihr Notizbuch und stürmte durch die Glastüren ins Innere des Gebäudes. Als sie am Aufzug anlangte, drückte sie ungeduldig immer wieder auf das Knöpfchen, um den Lift schnellstmöglich zu sich zu holen.

»Zu spät, zu spät, ich bin viel zu spät dran«, murmelte sie vor sich hin. Es war ihr erster Arbeitstag, und sie hatte völlig die Orientierung verloren. Ihr Vater würde nicht begeistert sein: Ausgerechnet heute war sie in einen unerwarteten Verkehrsstau geraten. Normalerweise brauchte sie nicht so lange, um aus dem Vorort, in dem sie wohnte, nach Washington hereinzufahren. Doch heute hätte ihr Wagen schon Flügel haben müssen, um es noch pünktlich schaffen zu können.

Mag hämmerte auf den Aufzugknopf ein, bis sich die Tür endlich öffnete. Sie stürmte hinein und drückte nunmehr das Knöpfchen für den vierten Stock. Es war die Idee ihres Vaters gewesen, nicht ihre. *Sie* verspürte keineswegs das Bedürfnis, den Sommer über hier als Schwesternhelferin zu arbeiten. »Dein Therapeut ist der Meinung, daß dir sinnvolle Beschäftigung helfen wird, über die Sache mit Cindy hinwegzukommen. Vielleicht wäre ein Job im Krankenhaus genau das Richtige für dich«, hatte ihr Vater beharrlich gedrängt. Mag wußte, daß die Arbeit im Krankenhaus das letzte war, was sie wollte, aber nun war sie eben hier gelandet. Ein Teil von ihr wollte weiterleben und wieder Kontakt zu anderen Menschen aufnehmen, doch eigentlich trauerte sie immer noch zu sehr um ihre verlorene Freundin.

Mag war von Kummer überwältigt gewesen, als sie erfahren hatte, daß ihre beste Freundin bei einem Autounfall ums Leben gekommen war. Sie hatte Cindy erst wenige Wochen vor dem tragischen Ereignis zum letzten Mal gesehen. Nachdem Cindy und ihre Familie fortgezogen waren, hatte Mag befürchtet, ihre innigste Freundschaft könnte dadurch in die Brüche gehen. Aber Cindy hatte versprochen – ebenso wie Mag –, »für immer deine Freundin zu bleiben«, und sie hatten es geschafft, so eng wie eh und je in Verbindung zu bleiben, obwohl sie nicht mehr Nachbarinnen waren.

Als Cindys Eltern Mag angerufen hatten, konnte sie die Tatsache, daß ihre Freundin tot war, nicht akzeptieren. Jetzt, ein Jahr später, war der Therapeut, bei dem sich Mag seither in Behandlung befand, der Ansicht, sie wäre nun wieder soweit, mit anderen Menschen vertrauensvoll und mutig Beziehungen einzugehen. *Leichter gesagt, als getan,* dachte Mag; sie war ziemlich nervös.

Im vierten Stock verließ Mag den Aufzug und betrat den Arbeitsraum für das Personal. Als sie durch die Tür stürmte, verzog sie das Gesicht. Sicher würde jeder im Zimmer sie anstarren – ihr Vater eingeschlossen. Er stand vorne im Raum auf einem Podest und sprach ein paar einführende Worte für die Mitarbeiter. Mag schlüpfte auf einen freien Stuhl im hinteren Bereich des Raums und seufzte tief. Nervös rieb sie sich den Schweiß von der Stirn und wünschte sich inständig, überall, nur nicht hier sein zu müssen.

»Wie ich eben schon sagte«, fuhr Dr. Charnell fort, »sind Schwesternhelferinnen wie Sie ein wichtiges Element für das Wohlergehen unserer Patienten hier am Memorial-Krankenhaus. Die Schwestern sind durchweg mit Aufgaben und Pflichten überlastet, daher sind Hilfskräfte notwendig, um die Zufriedenheit der Patienten sicherzustellen. Ohne Ihre helfenden Hände und Ihr Lächeln wäre dieses Krankenhaus ein wahrhaft trübsinniger Ort. Für diejenigen unter Ihnen, die an unserem samstäglichen Ausbildungsprogramm teilgenommen haben, ist Mrs. Stanton, unsere Ansprechpartnerin für Schwesternhelferinnen, bereits ein bekanntes Gesicht.« Eine Frau, die ihr dunkles Haar zu einem Knoten geflochten trug, grüßte von ihrem Platz neben dem Podium aus. »Sie wird später einige Worte an Sie richten, bevor Sie Ihnen die Arbeitsbereiche in den verschiedenen Stockwerken zuweist.«

Nun traten andere Mitglieder der Belegschaft ans Rednerpult. Als Mrs. Stanton an die Reihe kam und schließlich ihre Ausführungen mit einer Einladung zu einer kleinen Erfrischungspause abschloß, schlenderte Mag halbherzig zu einem Tisch hinüber, der mit Krapfen und Fruchtsaft gedeckt war. Da sie ihr Frühstück hatte ausfallen lassen müssen, belud sie sich einen Pappteller und ging dann hinüber zum Schwarzen Brett, um ihren Namen auf der Helferinnenliste zu suchen.

»Hallo! Ich kenne dich noch vom Ausbildungsprogramm her«, sagte ein großes, schlankes Mädchen, das neben Mag vor dem Schwarzen Brett stand. »Ich bin für die Abteilung für Kinderheilkunde eingeteilt. Und du?«

Mag fand endlich ihren Namen auf der Liste. »Ich wohl auch.«

»Ich heiße Alana Humphries.« Das Mädchen lächelte, und Mag hatte das Gefühl, diesen Menschen vielleicht mögen zu können, der hier so freundlich auf sie zukam.

Sie lächelte zurück. »Maggie Charnell – aber am liebsten ist es mir, wenn du einfach Mag zu mir sagst.« Sie wischte sich die puderzuckerklebrigen Finger an ihrem zerknitterten, rosa-weiß gestreiften Kleid ab –

der Uniform der Schwesternhelferinnen. »Mit diesen rosafarbenen Streifen sieht man aus wie eine überdimensionale Zuckerstange«, nörgelte Mag.

Alana lachte. »Charnell ... Bist du vielleicht verwandt mit Dr. Charnell?«

Mag errötete. »Mein Vater.« Sie haßte es, wenn Leute das wußten. Sie war sicher, daß man ihr bevorzugte Behandlung unterstellte, obwohl ihr der Gedanke an Protektion zutiefst zuwider war.

Alana machte große Augen. »Ich finde, Dr. Charnell ist der wunderbarste Mensch der Welt.«

»Ach ja?«

»Er hat mitgeholfen, das Leben meines Bruders zu retten.«

»Was du nicht sagst.«

»Mein Bruder Lonnie litt an einer Krankheit, die seine Nieren zerstörte. Jahrelang mußte er sich Dialyse-Behandlungen unterziehen. Dein Vater hat Lonnie für eine Transplantation hier am Memorial vorgeschlagen, und vor zwei Jahren hat man endlich einen Organspender für ihn gefunden. Er ist jetzt zwanzig, und es geht ihm gut. Ich glaube, mein Bruder hatte riesiges Glück. Er hat relativ schnell eine Spenderniere erhalten, was, wenn man deinem Vater glauben kann, für schwarze Amerikaner reichlich ungewöhnlich ist. Es ist wohl so, daß Organe am ehesten vom Körper angenommen werden, wenn Spender und Empfänger derselben Rasse angehören. Aber es gibt einfach noch nicht genügend Schwarze, die sich als Organspender zur Verfügung stellen. Das ist schlimm, wenn man als Schwarzer dringend eine Transplantation benötigt.« Mag hatte sich über diese Dinge noch nie ernsthafte Gedanken gemacht.

Ihr Vater war ein renommierter Chirurg, der vor fünf Jahren die Leitung des Transplantationszentrums am Memorial übernommen hatte. Mag erinnerte sich dunkel an die unzähligen Male, als mitten in der Nacht das Telefon geläutet hatte, um ihn dringend ins Krankenhaus zu rufen. Und sie konnte sich an keinen einzigen Urlaub oder an eine einzige Familienfeier entsinnen, wo nicht ein Telefonanruf das Beisammensein unterbrochen hatte, weil Dr. Franklin Charnell dringend gebraucht wurde, um einen Notfall zu übernehmen. Jahrelang hatte sie geglaubt, das Krankenhaus wäre sein wirkliches Zuhause und seine Patienten wären ihm wichtiger als seine Familie.

»Das freut mich für deinen Bruder«, meinte Mag.

»Mein Bruder war auch der Grund, warum ich mich als Schwesternhelferin hier gemeldet habe«, erklärte Alana. »Ich wollte meine Dankbarkeit zum Ausdruck bringen. Mit Geld hätten wir Lonnies Leben nicht retten können, also könnten wir für seine Gesundheit nicht bezahlen – selbst wenn wir Geld hätten, was nicht der Fall ist. Das mindeste, was ich tun kann, ist, hier als Helferin mitzuarbeiten, um den Patienten, die so krank sind wie Lonnie damals, das Leben etwas leichter und angenehmer zu machen.« Nach einer Weile fuhr sie fort: »Hast du dich hier gemeldet, um mit deinem Vater zusammenzuarbeiten?«

Mag konnte schlecht die Wahrheit sagen – daß man sie nämlich gezwungen hatte, sich hier zu engagieren, um ihr zu helfen, ihre fortschreitende Depression zu überwinden. »Mein Vater hat es mir vorgeschlagen«, meinte sie schließlich, »und es schien als Job für den Sommer ganz in Ordnung zu sein.«

»Nun, ich glaube, wir werden bei der Arbeit eine Menge Spaß haben. Und ich finde es echt toll, mit dir auf derselben Station zu arbeiten. Ich und Dr. Charnells Tochter...«

Mag wand sich unter Alanas ehrlichem Lächeln. Wie lange würde es wohl dauern, bis Alana merkte, welche Niete sie, Mag, war?

Mags Vater kam zu den beiden herübergeschlendert, und Mag hoffte, er würde sich nicht zu ihrem verspäteten Eintreffen äußern. »Hallo, Alana«, sagte er. »Lonnie hat mir schon erzählt, daß ich dich hier treffen würde. Mag hast du ja offenbar bereits kennengelernt, oder?«

»Wir haben uns gerade über unseren Arbeitseinsatz unterhalten.«

Mag nickte heftig. »In der Abteilung für Kinderheilkunde.«

»Ich weiß. Ich habe Mrs. Stanton darum gebeten, euch dort einzusetzen.«

Eine Alarmglocke schrillte in Mags Kopf.

»Super!« meinte Alana. »Kinder mag ich gern.«

»Das Stockwerk ist in einzelne Stationen unterteilt«, erklärte Dr. Charnell. »Eine für Kinder unter zwölf und eine für die älteren. Beide können jede helfende Hand gut gebrauchen.«

»Wir werden unser Bestes tun«, versprach Alana.

Mag nickte nur.

»Mein Büro ist auf demselben Stockwerk.« Jetzt war Mag klar, was er im Schilde führte: Er wollte sie im Auge behalten, und das paßte ihr ganz und gar nicht. Plötzlich meldete sich sein Piepser. »Ich werde gebraucht«, meinte er. »Ich muß loslaufen.«

Mag beobachtete ihn, wie er zu einem Telefonapparat rannte.

»Er ist ja so beschäftigt«, stellte Alana fest.

»Das siehst du völlig richtig«, entgegnete Mag, ohne genauer darauf einzugehen. Sie und Alana gingen in Richtung Aufzug, um in die Abteilung für Kinderheilkunde hinaufzufahren.

»Eines Tages wäre ich auch gerne Arzt«, erzählte Alana ihr, als sie in den siebten Stock fuhren. »Wie ist es mit dir?«

»Auf gar keinen Fall.«

»Du machst doch wohl Witze?! Ich hätte gedacht, die Medizin liegt dir im Blut.«

»Ich habe lieber Krapfen im Blut.«

Alana kicherte. »Ehrlich, Mädchen, du bist ein echter Witzbold.«

Sie stiegen in der Abteilung für Kinderheilkunde aus dem Aufzug. Eine riesige Zeichnung mit einem Clown, der ein Schild mit der Aufschrift »Kinder-Welt« hielt, zierte die Wand. Mag hielt inne, um das niedliche Kunstwerk genauer in Augenschein zu nehmen.

»Aus dem Weg! Ihr steht mitten in der Rennbahn«, rief eine helle Jungenstimme.

Mag drückte sich gegen die Wand und drehte sich gerade noch rechtzeitig um, als sie auch schon einen Teenager vorbeisausen sah, der einen Infusionshalter vor sich herschob. Verschiedene Kanülen führten von den Innenseiten seiner Arme zu den jeweiligen Flaschen. Neben ihm holte ein kleinerer Junge gerade auf, der seinen Rollstuhl so heftig anschob, wie er nur konnte. Und schon waren sie die ganze Länge des Korridors entlanggerast.

Völlig erstaunt beobachtete Mag die beiden, wie sie in einem Wirbel von scheppernden Metall und lautem Lachen an ihr vorbeisausten. *Wo bin ich hier nur hingeraten?* fragte sie sich insgeheim. *Was glaubt mein Vater mir damit beibringen zu können?*

Kapitel 2

Am Ende des Ganges blieb der Junge mit dem Infusionsgestell abrupt stehen. »Du hast mich geschlagen, Mark«, sagte er zu dem Kind im Rollstuhl.

Der kleine Junge grinste ihn an. »Ich hab dir doch gesagt, daß es so kommen würde.«

»Wie wär's mit einem dritten Versuch? Und wer zwei Rennen gewonnen hat, ist Sieger. Laß mir einen Tag zum Ausruhen, und wir legen morgen noch einmal los.«

»Von mir aus.«

Der ältere Junge zerzauste liebevoll Marks Haare, und schon sah Mag ihn auf sich zukommen, sein Infusionsgestell vor sich herschiebend. »Entschuldige, daß ich dich gerade eben so angeschrien habe«, sagte er. »Ich wollte dich nur nicht über den Haufen rennen. Ich heiße übrigens Donovan Jacoby.«

»Und ich bin Mag.«

Er warf einen Blick auf Alana, und sein Blick wanderte übermütig zwischen ihnen beiden hin und her. »Ihr zwei schaut aus wie Zwillinge.«

»Das liegt wahrscheinlich an der Uniform«, witzelte Alana.

Donovan war groß und mager, hatte lockiges braunes Haar, wunderschöne blaue Augen und ein hinreißendes Lächeln, doch Mag registrierte, daß seine Haut gelblich schimmerte und er leicht gebeugt vor ihr stand. Er hielt sich an seinem Infusionsgerät fest. »Bitte entschuldigt meinen kleinen Freund hier, aber wir sind sehr beschäftigt.«

»Vielleicht solltest du lieber wieder in dein Bett gehen«, schlug Mag nervös vor und lächelte ihn an.

»Das wäre keine schlechte Idee, aber in meinem Zimmer ist es ziemlich langweilig. Ich bin auf den Flur gegangen, um ein bißchen Abwechslung zu haben, und da habe ich Mark getroffen. Und jetzt habe ich euch beide kennengelernt, und es geht mir schon viel besser.«

»Das ist Dr. Charnells Tochter«, verkündete Alana stolzgeschwellt.

Mag wand sich förmlich vor Verlegenheit.

»Ehrlich?« fragte Donovan. »Er ist super!«

Mein Vater? dachte Mag. »Wir arbeiten hier den Sommer über«, sagte sie hastig, »und haben diese Ausbildung gemacht, um Patienten helfen zu können. Also warum sollte ich dir nicht in dein Bett helfen?«

»Du klingst wie dein Vater«, meinte Donovan, doch er protestierte nicht, als sie ihn in sein Zimmer zurückbegleitete.

Mag folgte ihm, während er ihr den Weg zeigte, und hatte ständig Angst, er könnte stürzen, und sie würde keine Ahnung haben, wie sie ihm helfen sollte.

»Wir treffen uns dann im Schwesternzimmer wieder«, rief Alana ihr nach.

Donovans Krankenzimmer war sonnig und hell.

Obwohl zwei Betten darin standen, sah nur eines belegt aus. »Ist das deines?« fragte Mag.

»Wie hast du das nur erraten? Ich habe meinen Zimmergenossen letzten Freitag verloren.«

»Verloren?« Mags Herz verkrampfte sich schmerzhaft.

Donovan bemerkte, wie beunruhigt sie war. »Er durfte nach Hause.«

Sie erkannte, daß sie ihr Leben lang die Tochter eines Arztes gewesen war. In der Welt ihres Vaters bedeutete »verloren«, daß jemand gestorben war. »Kann ich dir irgendwie helfen?« fragte sie Donovan, als er in sein Bett kletterte und dabei versuchte, seine Infusionsschläuche nicht durcheinanderzubringen.

»Kannst du mir das Gestell festhalten?«

Sie griff nach dem kühlen Metallständer und schob ihn vorsichtig dicht neben sein Bett. Donovan ließ sich auf sein Kissen zurücksinken, und sie sah, wie sich sein Gesicht vor Schmerzen verzog. »Soll ich eine Schwester rufen?«

»Nein. Das vergeht schon wieder. Ich – äh – glaube, ich habe es heute ein bißchen übertrieben.«

In der Ausbildung hatte Mag gelernt, hilfsbereit und höflich zu sein, sich jedoch persönlich nicht zu involvieren. »Jetzt, wo du sicher in deinem Bett liegst, kann ich ja wohl wieder gehen«, meinte sie. »Ich habe mich ja noch nicht einmal persönlich angemeldet.«

Er streckte seine Hand nach ihr aus. »Könntest du noch eine Minute bleiben?«

«Na gut, aber wirklich nur eine Minute.« Sie fand es nahezu unmöglich, nein zu sagen. Sie ließ ihren Blick im Zimmer herumwandern, über sein Bett, den Nachttisch, das Fensterbrett und den Vorhang, der die beiden Betten voneinander trennte. Sie bemerkte eine Kinderzeichnung, die an den Vorhang geheftet war, und eine weitere am Fenster. Auf dem Nachttischchen stand ein Foto: ein braunhaariger Junge mit Zahnlükken und eine hübsche grünäugige Frau. »Deine Familie?« fragte sie.

»Meine Mutter und mein Bruder Brett. Diese Zeichnungen hier stammen alle von ihm. Er ist sechs, und für jeden Tag, den ich hier drin verbringen muß, malt er mir ein Bild.« Mag war verblüfft und zählte schnell die Zeichnungen überall im Zimmer. »Es sind fünfzehn«, sagte Donovan, als ob er ihre Gedanken lesen könnte. »Wo gehst du zur Schule?« fragte er schließlich.

»Auf die Davis Academy. Ich habe gerade mein vorletztes Schuljahr abgeschlossen. Und du?«

»Ich bin eigentlich gar nicht aus Washington. Mutter, Brett und ich leben in einer Kleinstadt an der Grenze zwischen Virginia und North Carolina. Als ich letzten März krank wurde, war meine Mutter wild entschlossen, für mich die besten Ärzte zu finden, die sie kriegen konnte. Sie hat unser Haus verkauft, damit wir hierherziehen konnten, weil hier im Memorial einer der renommiertesten Leberspezialisten des Landes beschäftigt ist. Sie hat eine Wohnung gemietet, aber die ist ein ganzes Stück von der Klinik entfernt, und sie muß lange mit dem Bus fahren, um mich besuchen zu können.«

»Du hast also Schwierigkeiten mit der Leber?«

»Das kannst du laut sagen. Ich mußte die Schule verlassen, aber wenn ich nicht krank geworden wäre, könnte ich jetzt im letzten Studienjahr sein.«

»Kannst du nicht hier dein letztes Jahr absolvieren, wenn die Schule im Herbst wieder anfängt?«

»Vielleicht.« Er zuckte mit den Schultern. »Und jetzt erzähl mal: Wie ist es, einen Arzt in der Familie zu haben?«

Mag brauchte einen Moment, um sich auf den abrupten Themenwechsel einzustellen. »Es ist, als ob man mit einem Gott lebt. Von Zeit zu Zeit steigt Zeus von seinem Olymp herab, um sich unter uns Sterbliche zu begeben.« Die Kälte in ihrer Stimme schockierte sie selbst. Warum sagte sie so etwas zu einem Jungen, den sie nicht einmal gut kannte? Sie kicherte nervös. »War bloß ein Witz. Vater ist ein ziemlich beschäftigter Mann, und darum kommt es einem manchmal vor, als wäre er kaum zu Hause. Was ist mit deinem Vater?« fragte sie. »Ist er auch mit euch hergekommen?«

»Mein Vater ist vor fünf Jahren einfach abgehauen. Ohne eine Adresse zu hinterlassen. Wir sind nur noch zu dritt.«

»Er weiß also nicht, daß du krank bist?«

»Nein, aber was soll's? Mutter, Brett und ich kommen auch allein sehr gut zurecht. Wenn das alles hier vorbei ist, mache ich mich vielleicht auf die Suche nach ihm, nur um ihm zu sagen, daß wir es auch ohne seine Hilfe geschafft haben.«

»Ich glaube, ich melde mich jetzt lieber im Schwesternzimmer«, sagte Mag und warf einen Blick auf die Uhr.

»Tut mir leid. Ich wollte dich nicht so lange aufhalten.«

»Soll ich dir noch den Fernseher einschalten?«

»Nein, jetzt kommt nichts, was man unbedingt sehen müßte.«

Er tat Mag leid, und sie focht einen kleinen Kampf mit ihrem schlechten Gewissen aus. »Ich bin bis drei Uhr für die Arbeit eingeteilt, aber vielleicht kann ich später noch mal hereinschauen und sehen, wie es dir geht«, meinte sie schließlich.

»Das fände ich toll. Mutter kann mit Brett erst nach sechs kommen, weil sie arbeiten muß.«

Sie sah seine müden Augen, und im hellen Sonnenlicht fiel die gelbliche Färbung seiner Haut und seiner Augäpfel stark auf. »Ich werde dich nicht noch einmal auf dem Gang erwischen, wie du Rennen mit einem Rollstuhlfahrer fährst, oder?«

»Heute nicht mehr.« Sein Gesicht verzog sich vor Schmerzen, doch er brachte trotzdem noch eines seiner strahlenden Lächeln zustande. »Für morgen kann ich dir aber nichts versprechen.«

Mag verließ Donovan und fand den Weg zurück zum Schwesternzimmer. Dort saß an einem Schreibtisch eine ältere Krankenschwester namens Mrs. Vasquez, die sagte: »So, da bist du also. Ich habe deine junge Kollegin auf einen Botengang geschickt, aber ich brauche euch beide gleich für die Spielstunde im Gemeinschaftsraum. Dort erwarten euch die Kinder unter zehn Jahren.«

»Ich war bei einem Patienten namens Donovan«, erklärte Mag, obwohl Mrs. Vasquez keine Erklärung zu erwarten schien.

»Das hat mir Alana schon erzählt. Er ist ein netter Junge, hat für jeden ein freundliches Wort. Und er kümmert sich besonders rührend um die Kleineren. Es gibt nicht viele hier, die so reizend sind wie er.«

Mag drängte es, noch weitere Fragen über Donovan zu stellen, doch da kam Alana schon den Gang entlang. »Auftrag erledigt«, rief sie Mrs. Vasquez fröhlich zu.

»Dann könnt ihr jetzt ins Spielzimmer marschieren.« In diesem Aufenthaltsraum zählte Mag zwölf Kinder im Alter von vier bis zehn, die sich eifrig auf eine Malstunde mit dem Beschäftigungstherapeuten vorbereiteten. Einige saßen in Rollstühlen, manche trugen Gipsverbände, andere waren völlig kahl. »Ich wette, das kommt von der Chemotherapie«, flüsterte Alana.

Mag war wie vor den Kopf geschlagen. Sie erkannte, wie weit entfernt von der Welt ihres Vaters sie bislang gelebt hatte. Dieses Krankenhaus war wie eine abgeschlossene Stadt, in der jeder Mensch seinen ihm angestammten Platz hat. Doch in dieser Art von Gemeinde waren alle krank, einige sogar todkrank. Diese Kinder hier zu sehen, so klein und verletzlich, wie sie ihre Schalen bei sich trugen, für den Fall, daß sie sich übergeben mußten, und mit all diesen Apparaturen, die an ihren Armen befestigt waren oder aus ihrem Brustkorb hervorstanden, das machte Mag ganz elend. Und es brachte außerdem die Erinnerung an Cindy nur allzu lebhaft zurück. Mag konnte sich nicht vorstellen, wie sie es den ganzen Sommer lang in dieser Umgebung aushalten sollte.

»Alles in Ordnung mit dir?« fragte Alana. »Du bist ein bißchen grün im Gesicht.«

»Hab wohl zu viele Krapfen gegessen«, murmelte Mag. Dann fragte sie: »Macht dich das hier auch so fertig?«

»Lonnie hat hier so oft seine Dialysebehandlungen bekommen, daß ich mich an dieses Krankenhaus richtig gewöhnt habe. Ich habe jede Menge kranke Leute gesehen. Und jetzt möchte ich ihnen helfen.«

Mag hätte sich gewünscht, auch so empfinden zu können, doch alles, was sie wollte, war, nach Hause zu gehen. Ihr dämmerte, daß es ein Fehler gewesen war, in den Vorschlag ihres Vaters einzuwilligen, hier im Krankenhaus zu arbeiten. Sie war dieser Aufgabe einfach nicht gewachsen. Sie beschloß, am Ende des ersten Arbeitstages ihrem Vater mitzuteilen, daß sie all das nicht schaffen würde. Daß es emotional für sie zu schmerzlich war.

Als die Schicht vorüber war, schaute sie noch einmal

in Donovans Zimmer. Er schlief tief und fest, und sie weckte ihn nicht auf. Sie sah sich die Zeichnungen seines kleinen Bruders noch einmal sehr genau an. Es gab darauf eine Vielzahl von kleinen Häusern, die mit den Worten »Unser Haus« oder »Hier leben die Jacobys« beschriftet waren.

Schließlich ging sie nervös zum Büro ihres Vaters, wo dieser konzentriert an seinem Schreibtisch über einem Stapel von Papieren saß. Er sah hoch und bat sie herein. »Nun, wie war dein erster Tag?«

»Ich glaube nicht, daß das alles mir hier wirklich guttut«, sagte sie.

»Setz dich und erzähl.«

»Ich habe versucht, bei der Malstunde mitzuhelfen, aber ich habe meine Sache nicht besonders gut gemacht. Der Beschäftigungstherapeut mußte mir mehr helfen als den Kindern.«

»Beim nächsten Mal wird es schon besser gehen.«

Sie schalt sich selbst einen Feigling, weil sie ihrem Vater eigentlich schlichtweg die Wahrheit sagen wollte. »Außerdem habe ich einen Jungen namens Donovan kennengelernt.«

Der Vater nickte. »Er ist sehr krank.«

»Was fehlt ihm eigentlich genau? Ich weiß nur, daß es etwas mit seiner Leber zu tun hat.«

»Ich fürchte, seine Leber ist zerstört. Und deshalb ist er auch hier. Sein Hausarzt hat ihn an mich überwiesen, weil unser Therapieprogramm seine einzige Hoffnung ist.«

Mag spürte, wie ihre Hände feucht wurden. »Welches Therapieprogramm?«

»Donovan braucht dringend eine Lebertransplantation. Ohne eine Spenderleber hat er nicht mehr länger als sechs Monate zu leben, fürchte ich.«

Kapitel 3

»Donovan wird sterben? Aber er ist doch nicht viel älter als ich!«

»Er ist fast achtzehn, aber das Alter hat damit gar nichts zu tun. Er befindet sich im fortgeschrittenen Stadium einer Zirrhose, die durch eine Abart von Gelbsucht hervorgerufen wird. Und eine Zirrhose verläuft tödlich.«

»Wie hat er diese Gelbsucht bekommen?«

»Seine Gelbsucht ist ›idiopathisch‹.« Sie starrte ihn fragend an, und er fügte hinzu: »Das sagen wir Mediziner statt: ›Wir wissen nicht, wie es dazu kam.‹ Und, um ehrlich zu sein, in diesem Endstadium spielt es auch keine Rolle mehr.«

»Es muß doch irgendeine Art von Heilung für ihn geben.«

»Ich fürchte, nein. Der Virus hat seine Leber völlig

zerstört. In seltenen Fällen kann eine Zirrhose gestoppt werden, aber in Donovans Fall nicht. Unsere Leber ist eine Filteranlage; sie filtert Toxine aus unserem Organismus – Gifte also. Und wenn sie einmal versagt, werden diese Gifte angestaut. Die Leber schrumpft, und der Patient stirbt. Die einzige Hoffnung ist in so einem Fall eine Transplantation.«

»Wirst du eine Spenderleber für ihn finden?«

»Nur wenn wir einen geeigneten Spender haben.«

»Was bedeutet das genau?« Die Gedanken in Mags Kopf begannen vor Verwirrung herumzuwirbeln.

»Der Spender muß hinsichtlich der Blutgruppe mit dem Patienten zusammenpassen, außerdem muß er etwa das gleiche Gewicht und die gleiche Größe aufweisen. Die Leber ist ein großes Organ, und man kann nicht erwarten, daß sie einwandfrei funktioniert, wenn auch nur eine Kleinigkeit nicht übereinstimmt. Und darüber hinaus gibt es nicht genug Spenderorgane für alle Patienten, die eines benötigen.«

»Warum nicht?« Mag erinnerte sich daran, wie ihr Vater jedesmal davoneilte, um eine Operation durchzuführen, wenn ein Organ speziell für einen seiner Patienten eingeflogen worden war. Er befand sich ständig in einer 24-Stunden-Bereitschaft.

»Ach, Mag«, seufzte ihr Vater. »Das ist eine komplizierte Geschichte. Um für eine Operation geeignet zu sein, müssen Organe völlig frei von jeder Krankheit oder Verletzung sein, also handelt es sich bei den Spendern meist um völlig gesunde Menschen, die unerwartet oder bei einem Unfall sterben – meist an schwersten Kopfverletzungen. In jedem Fall muß man wegen einer Organspende mit den Angehörigen Kontakt aufnehmen, während der Patient zwar schon gehirntot, aber noch an die Geräte angeschlossen ist, die seine Körperfunktion aufrechterhalten. Das ist eine schwierige Situation für alle Beteiligten, und gerade die Familien stehen unter schwerem Schock. Es ist nicht immer leicht für die Angehörigen zu begreifen, was passiert ist, und noch weniger einfach ist es, einer Transplantation zuzustimmen. Und doch stellen gerade die Leute, die wegen einer Organspende mit Angehörigen zusammenarbeiten, immer wieder fest, daß eine Spende lebensrettender Organe manchmal das einzig Positive ist, was man einem tödlichen Unfall oder einem unerwarteten Todesfall noch abgewinnen kann. Der beste Weg, um sich über die Bereitschaft zu einer Organspende klarzuwerden, besteht darin, daß alle Familienmitglieder sich darüber unterhalten, wie sie im einzelnen dazu stehen. Und zwar, *bevor* eine Tragödie geschieht.«

»Weiß Donovan, wie krank er ist?« fragte Mag.

»Seine Mutter ist über die Tragweite seiner Erkrankung genau informiert, aber obwohl ich selbst einige Male mit ihm gesprochen habe, bin ich nicht sicher, ob er seine Situation voll und ganz begriffen hat. Junge Leute, und ganz besonders ihr Teenager, glauben, unbesiegbar zu sein, sozusagen stärker als der Tod. Und darüber hinaus bringt die Krankheit Anfälle von Verwirrung und extremer Müdigkeit mit sich, die die Wahrnehmungsfähigkeit des Patienten hinsichtlich seines Zustands einschränken.«

Hatte auch Cindy geglaubt, unbesiegbar zu sein? fragte sich Mag. *Hatte nicht jeder das Recht, heranzuwachsen und älter zu werden?* »Also mußt du nur einen Spender finden, und er wird wieder gesund, nicht wahr?«

Wieder schüttelte ihr Vater den Kopf. »Nicht immer läuft es so glatt. Von der Übertragung des Spenderorgans und der Rekonvaleszenz einmal abgesehen, ist er nicht der einzige Patient hier am Memorial, der auf eine Lebertransplantation wartet. Ich habe eine Warteliste von Patienten.«

»Aber du hast doch gesagt, er wird sterben, wenn er keine neue Leber bekommt!«

»Sie alle sterben ohne Transplantation.«

Mag hatte das Gefühl, in ein Labyrinth geraten zu sein. »Da ist doch noch Hoffnung, oder?«

»Hoffnung gibt es immer. Sie allein läßt uns weitermachen.« Sein Bereitschaftsalarm fing an zu piepsen. »Entschuldige mich bitte.« Er griff zum Telefonhörer und fing an zu wählen.

Mag hatte gelernt, diesen Signalpiepser zu hassen, und gerade jetzt fühlte sie sich besonders gestört, wo sie doch noch so viele Fragen zu Donovan und seiner lebensrettenden Lebertransplantation gehabt hätte. Sie wartete, während ihr Vater sein Telefongespräch führte, bis er schließlich wieder den Hörer auflegte.

Dann stand er auf. »Mag, sag bitte deiner Mutter, daß ich heute abend nicht zu Hause sein werde.«

»Was ist denn passiert?« Sie sah zu ihm auf und beobachtete ihn, wie er seinen Kittel auszog und in sein Jackett schlüpfte.

»Das war ein Kollege aus Baltimore. Er hat ein Spenderherz für uns, und ich habe hier eine dreiunddreißig Jahre alte Mutter von zwei Kindern, die verzweifelt auf eines wartet. Wenn man dem Computer in der Transplantations-Zentrale glauben darf, passen die beiden perfekt zusammen.«

»Kann nicht irgend jemand anders nach Baltimore fahren und das Herz holen?«

»Die Zeit ist ein kritischer Faktor, und ich möchte, daß alles von Anfang an richtig gemacht wird. Nichts ist frustrierender, als wenn man ein perfektes Spenderorgan hat und irgend etwas schiefläuft, nur weil die Operation nicht korrekt ausgeführt wurde oder die Lagerung nicht ordnungsgemäß war. Es ist das beste, wenn ich das Krankenhausflugzeug benütze und das Spenderorgan selbst hole.«

»Ich werde es Mama ausrichten«, sagte sie, doch er hatte das Zimmer bereits verlassen. Mag stand einfach da und versuchte ein Frösteln zu unterdrücken. Bilder von ihrem Vater, von Donovan und vom Krankenhaus überfielen sie, und das Geräusch des Signalpiepsers gewann eine neue Bedeutung für sie. Eines Tages könnte er ein Signal für Donovan sein – er könnte anzeigen, daß die Wissenschaftler eine Spenderleber für ihn ausfindig gemacht hatten. Und immer noch sah sie Cindys Gesicht vor sich. Für Cindy hatte es keine Hoffnung gegeben, weder durch eine Organtransplantation noch durch eine Krankenhausbehandlung und auch nicht durch eine Zusammenstellung neuer und noch unerprobter Medikamente.

Mag lief in die Tiefgarage hinunter. Sie wollte nur noch nach Hause und diesen ganzen Tag hinter sich lassen. Und sie wollte vergessen, was mit ihrer besten Freundin geschehen war.

Beim Abendessen schob Mag lustlos die grünen Bohnen und das Hühnchen auf ihrem Teller herum. Sie hatte nicht viel Appetit. Ihre Schwester Tracy plapperte die ganze Zeit über von ihrem Sport-Sommerlager. Mag hörte mit einem Ohr zu, grübelte jedoch immer noch über Donovan nach.

»Wie war dein erster Tag als Schwesternhelferin? Hat's dir gefallen?« hörte Mag ihre Mutter fragen.

»Ich bin den ganzen Tag mit kranken Kindern zusammen. Was kann einem daran schon gefallen?«

»Liebes, es tut dir einfach gut, beschäftigt zu sein. Dem stimmst du doch zu, nicht wahr? Du warst so sehr in dich gekehrt, und dein Vater und ich haben uns große Sorgen gemacht.«

Man nennt das Depression, Mama. Mag sprach die Worte nicht aus. Plötzlich klingelte das Telefon, und Tracy sprang auf, um abzunehmen. Im nächsten Moment war sie wieder da und sagte: »Mama, es ist für dich. Mrs. Hotchkiss von der Juniorenliga.«

Mag war erleichtert, da sie wußte, daß ihre Mutter zu beschäftigt mit ihren Pflichten in der Juniorenliga sein und vergessen würde, sich in die Angelegenheiten ihrer Tochter zu mischen.

Später, als sie in ihrem Zimmer war, warf Mag sich quer über ihr Bett. Sie fragte sich, ob die Bemühungen ihres Vaters, ein Spenderherz zu finden und einen seiner Patienten damit zu retten, erfolgreich gewesen waren. Und sie dachte an Donovan – der darauf angewiesen war, daß jemand starb, damit er weiterleben konnte.

Mag hatte den Eindruck, in einen drittklassigen Horrorfilm geraten zu sein. Menschliche Organe am Leben zu erhalten und damit quer durch das Land zu fliegen, um sterbende Menschen zu retten, klang mehr als bizarr. Aber sie war durchaus in der Lage, die Notwendigkeit dieses Vorgehens in einem neuen Licht zu sehen, weil ein fremder Junge namens Donovan als menschliches Wesen real war und nicht nur als Fallbeispiel.

Tiefe Traurigkeit überfiel sie, und sie versuchte sich an einen Moment zu erinnern, in dem sie glücklich gewesen war. Irgendwie war es ihr seit dem Unfall ihrer Freundin nicht mehr richtig vorgekommen, sich glücklich zu fühlen, weil Cindy auch nicht mehr glücklich sein konnte. Ihr Therapeut hatte ihr geholfen, einzusehen, daß sie dieses Gefühl überwinden mußte. Sie dachte an den Abend, an dem Cindy bei ihr übernachtet hatte, und wie lustig es gewesen war.

»Also, was denkst du, Mag? Werde ich immer das größte Mädchen in unserer Klasse sein, oder werden meine Hormone endlich aufgeben und mich für eine Weile in Ruhe lassen?«

Mag setzte sich auf und sah sich in ihrem Zimmer um. Fast erwartete sie, Cindy auf dem Boden sitzen zu sehen und zu hören, wie sie sich über ihre Körpergröße beklagte. Doch das Zimmer war leer. Sie konnte sich nur zu lebhaft an die Stimme ihrer Freundin erinnern. »Du wirst immer wieder Phasen durchmachen, in denen die Trauer neu erwacht«, hatte Dr. Miller, ihr Therapeut, oft erklärt und ihr gut zugeredet. »Wir nennen das ›plötzliche Traueranfälle‹, und es handelt sich dabei um etwas völlig Normales. Es geschieht, wenn ein Mensch sich nicht aus der Spirale befreien kann und nicht in der Lage ist, sein Alltagsleben wieder aufzunehmen, was ihn oder sie in große Schwierigkeiten versetzen kann.«

Plötzlich wurde Mag bewußt, daß sie es satt hatte, von diesen plötzlichen Traueranfällen gepeinigt zu werden. Wütend marschierte sie in ihrem Zimmer umher. Sie wollte nicht an den Verlust von Cindy denken. Sie wollte den Schmerz vergessen. Was hatten sich ihr Vater und Dr. Miller bloß dabei gedacht, ihr vorzuschlagen, unter all diesen kranken Menschen im Hospital zu arbeiten? Das war sicher nicht der richtige Weg, um ihr zu helfen. Es machte alles nur noch schlimmer.

Mag ging zu ihrem Schreibtisch hinüber und nahm

Cindys Foto in die Hand. Ein Gesicht strahlte sie an: ein schlankes Mädchen mit einem Kopf voller wirrer brauner Haare und Sommersprossen. »Ich wünschte, du könntest diesen Jungen sehen, den ich heute kennengelernt habe. Obwohl er so krank ist, ist er ziemlich toll. Du würdest ihn wahrscheinlich zu dünn finden, aber das ist schließlich nicht seine Schuld. Ich wünschte...« Mags Stimme brach.

Behutsam legte sie das Foto wieder an seinen Platz. Es war zu blöd, sich mit einem Bild zu unterhalten. Sie warf einen Blick auf den Wecker, der neben dem Bett stand. Es war erst neun, aber sie wurde plötzlich von tiefer Erschöpfung überwältigt. »Übermäßiges Schlafbedürfnis ist ein Anzeichen für Depressionen«, hatte der Therapeut Mag erklärt, als sie ihn im April zum ersten Mal aufgesucht hatte.

»Was Sie nicht sagen.« Dr. Millers Gesicht vor Augen, erwachte in Mag der Trotz. Ohne einen weiteren Gedanken an ihn drehte sie das Licht ab und schlüpfte unter die Decke. Sie freute sich auf einen gesegneten, tiefen Schlaf, der ihr Vergessen schenkte.

Kapitel 4

Als Mag am nächsten Morgen im Krankenhaus ankam, ging sie schnurstracks in Donovans Zimmer. Doch als sie hineinstürmte, blieb sie abrupt wieder stehen, da eine Frau und ein kleiner Junge neben Donovans Bett saßen. »Mag«, rief Donovan freudig. »Komm herein und begrüße meine Mutter und meinen Bruder.«

»Donovan hat uns schon von dir erzählt«, sagte die Frau, deren Haar die gleiche Farbe hatte wie das ihres Sohnes.

»Er hat gesagt, du bist hübsch«, platzte der kleine Junge heraus. »Das stimmt, aber ich mag Mädchen trotzdem nicht besonders gern. Ich finde, sie sind gemein. Bonnie Oakland ist auch gemein. Sie ist in meiner Klasse, und sie boxt mich immer, wenn wir uns in einer Reihe aufstellen müssen, und unser Lehrer unternimmt nichts dagegen.«

»Brett, das ist aber gar nicht höflich«, schalt ihn seine Mutter. »Ich bitte um Entschuldigung für diese kleine Plaudertasche hier. Heute ist Elternsprechtag in seiner Schule, und ich habe meinen Chef gebeten, etwas später kommen zu dürfen, damit ich Bretts Lehrer aufsuchen kann.« Sie streichelte Donovan über den Arm. »Und jetzt, auf dem Nachhauseweg, sind wir schnell vorbeigefahren, um Donovan zu sehen.«

»Freut mich, Sie kennenzulernen«, sagte Mag, die

immer noch von Bretts Bemerkung verwirrt war, daß Donovan sie für hübsch hielt. Sie hatte zeit ihres Lebens mit ihrer Figur zu kämpfen gehabt, und Jungens hatten nie in der Art und Weise von ihr Notiz genommen, wie sie es bei schlankeren Mädchen taten.

»Schön, daß ihr nicht gleich nach Hause gegangen seid«, sagte Donovan. »Ich habe mir so gewünscht, daß ihr euch kennenlernt.«

»Es ist nicht unser Zuhause«, unterbrach ihn Brett. »Es ist nur eine Wohnung. Und ich finde sie blöd.«

»Es ist zur Zeit unser Zuhause, Großer«, entgegnete Donovan. »Komm und klettere zu mir aufs Bett. Ich hab hier etwas für dich.«

Eifrig krabbelte Brett auf das hohe Krankenhausbett. Mag hätte eigentlich etwas in der Art sagen müssen, daß dies gegen die Krankenhausordnung war und daß niemand anderer als die Patienten sich auf den Betten aufhalten durfte, doch sie brachte es nicht übers Herz.

Donovan faßte unter sein Kopfkissen und zog eine Spielzeug-Laserkanone hervor. Bretts Augen wurden ganz groß. »Oh! Danke!«

»Wo hast du die denn her?« fragte seine Mutter.

»Ich habe eine der Nachtschwestern dazu überredet, sie für mich zu besorgen.« Er zauberte wieder ein hinreißendes Lächeln auf sein Gesicht, und Mag dachte insgeheim, daß er wohl auch Eskimos dazu überreden könnte, ihm Eiswürfel abzukaufen. »Keine Sorge – ich habe es bezahlt.«

»Aber das Geld...«

»Ich habe fast alles gespart, was du mir gegeben hast.« Er fuhr Brett liebevoll durch den zerzausten Haarschopf, während der kleine Junge begeistert die Verpackung von der durchsichtigen Plastikpistole riß.

Mag fiel auf, daß Mrs. Jacoby ernsthaft besorgt über die Kosten für das Spielzeug schien. Doch sie konnte sich nicht vorstellen, daß jemand nicht genug Geld haben sollte, ein kleines Plastikspielzeug zu kaufen.

»Ich möchte nur, daß du genügend Geld für die Dinge zur Verfügung hast, die du für dich selbst brauchst oder willst«, meinte Mrs. Jacoby.

»Was ich brauche, kann man aber nicht kaufen«, entgegnete Donovan.

Der Ausdruck auf dem Gesicht seiner Mutter zerriß Mag fast das Herz, und nach dem Gespräch mit ihrem Vater verstand sie genau, was Donovan meinte. »Laß mich das mal anschauen«, bat Mag, hob Brett vom Bett und beugte sich dann zu ihm hinunter, um die kleine Pistole genau zu untersuchen.

Während sie sich mit Brett beschäftigte, führten Donovan und seine Mutter eine kurze, leise Unterhaltung. Ein paar Minuten später sagte Mrs. Jacoby dann: »Wir müssen jetzt gehen, Brett. Es ist Zeit, daß ich dich in den Hort bringe.«

»Ich hasse den Hort.«

»Was ist schlimmer: der Hort oder die Schule?« fragte Donovan, um Brett abzulenken.

»Die Schule«, brummte der Junge.

»Na, dann hast du es doch gut! In die Schule brauchst du heute nicht«, mischte sich Mag in das Gespräch.

Brett sah nachdenklich drein, und Mrs. Jacoby schenkte Mag ein warmes Lächeln. »Wir können erst am Sonntag wiederkommen«, sagte Mrs. Jacoby dann zu Donovan. »Ich bekomme den anderthalbfachen Lohn, wenn ich am Samstag arbeite.«

»Macht nichts«, beruhigte Donovan sie, aber Mag fühlte, daß er es nicht mochte, allein zu sein.

Als Mutter und Sohn das Zimmer verlassen hatten, spürte sogar Mag die Leere des Raums überdeutlich. Sie konnte zur Arbeit gehen, aber Donovan hatte nun einen langen Tag mit keinerlei Gesellschaft außer ihm selbst vor sich. »Liest du gern?« fragte sie. »Ich soll in die Krankenhausbibliothek gehen und Bücher für die Patienten aussuchen. Vielleicht könnte ich gleich etwas nach deinem Geschmack mitbringen.«

»Lesen ist schon okay, aber was ich wirklich möchte, wäre eine Spazierfahrt im Freien, an der frischen Luft.«

»Kannst du das denn?«

»Wenn mich jemand im Rollstuhl nach draußen bringt, schon.« Er verzog das Gesicht. »Ich hasse es, herumgeschoben zu werden, aber wenn das der einzige Weg ist, nach draußen zu kommen...«

»Ich könnte mit dir ins Freie gehen, wenn meine Schicht heute zu Ende ist.«

»Was war gestern eigentlich mit dir los? Ich habe

gedacht, du würdest noch einmal vorbeikommen und mich besuchen.«

»Ich war da, aber du hast tief geschlafen.«

»Du hättest mich wecken sollen. Ehrlich! Ich mag nicht gern tagsüber schlafen, denn das bedeutet, daß ich dann die halbe Nacht wachliege. Weißt du, wie lang die Nächte hier im Krankenhaus sein können?«

»Zwölf Stunden – genauso lang wie die Tage?«

»Theoretisch schon, das stimmt. Aber man hat das Gefühl, es vergehen hundert Stunden, in denen man nichts zu tun hat und mit niemandem reden kann.«

Sie wagte nicht, ihm zu gestehen, daß sie genau wußte, wovon er sprach. Phasen extremen Schlafbedürfnisses wechselten bei ihr mit Anfällen erschöpfender Schlaflosigkeit. »Ich denke, die Nächte können einem hier ganz schön lang vorkommen.«

Ein Laborangestellter kam ins Zimmer. »Zeit für eine kleine Blutabnahme«, erklärte Donovan und verzog das Gesicht zu einer Grimasse.

Mag zog sich zurück, als der Laborant seinen Korb aufs Bett stellte, der mit Nadeln, Kanülen und Glasröhrchen für die Blutproben gefüllt war. »Anordnung des Doktors«, erklärte er.

»Ich sehe dich später«, versprach Mag und huschte aus dem Zimmer. Sie wollte nicht zusehen, wie man mit Nadeln in sein Fleisch stach.

Im Schwesternzimmer begrüßte sie Alana, und schließlich gingen sie beide zum Schwarzen Brett hinüber, um zu sehen, welche Aktivitäten heute angesagt waren. »Ich erledige das mit der Bücherei«, sagte Mag. »Ich kenne den Weg ins Untergeschoß zur Bibliothek schon.«

»Und ich habe Mrs. Vasquez versprochen, daß ich am Nachmittag die Lesestunde im Aufenthaltsraum übernehme«, meinte Alana. »Sehen wir uns zum Mittagessen?«

»Aber klar«, antwortete Mag. Aber sie schaffte es nicht, zum Mittagessen in die Kantine zu gehen. Die Krankenhausbücherei war so schlecht bestückt mit attraktiven Kinderbüchern, daß Mag ihre Mutter anrief und sie fragte, ob sie sich einmal in den Kisten mit Buchspenden umsehen dürfte, die ihre Mutter für die Juniorliga im Keller ihres Hauses gehortet hatte.

Um die Mittagszeit eilte Mag nach Hause, wühlte in Kisten und Säcken, die für die Wohltätigkeitsveranstaltungen der Juniorliga gelagert wurden, damit man sie auf Basaren und Versteigerungen zu Geld machen konnte. Schließlich wählte sie einen Armvoll neuerer Bücher aus, und sie fand auch ein paar, die sie kurzerhand für Donovan einpackte. Als sie endlich ins Krankenhaus zurückkehrte, war die Essenszeit längst vorüber.

Die Bibliothekarin des Krankenhauses schien entzückt von den neuen Büchern, aber Mag mußte versprechen, am Samstag beim Katalogisieren und Einordnen zu helfen, bevor sie sie zur Ausleihe bereitstellen durfte.

Der Nachmittag verging so schnell, daß Mag kaum

ihren Ohren traute, als Alana ihr einen schönen Feierabend wünschte. Mag erinnerte sich ihres Versprechens an Donovan, holte sich einen Rollstuhl und war schon auf dem Weg zu seinem Krankenzimmer, als sie ihren Vater auf dem Gang traf. Er wirkte müde und erschöpft, war aber frisch rasiert, und Mag wußte, daß er wahrscheinlich im Aufenthaltsraum für die Ärzte schnell geduscht und seine Kleidung gewechselt hatte. »Wie geht es deiner Herzpatientin?« fragte sie.

»Die Transplantation ist zufriedenstellend verlaufen, und die Frau ist jetzt auf der Intensivstation. Die nächsten achtundvierzig Stunden sind noch kritisch. Wenn sie sich gut hält und keine Abstoßungsreaktion eintritt, wird sie es, glaube ich, schaffen, Ich hoffe, wir haben die optimale Kombination von Medikamenten zur Unterdrückung des Immunsystems zusammengestellt.« Dann fiel sein Blick endlich auf den Rollstuhl. »Willst du eine Spazierfahrt machen?«

»Ich hab's Donovan versprochen, daß ich ihn ein wenig nach draußen begleite.«

»Das ist sehr nett von dir. Die Schwestern sind so beschäftigt, daß so etwas immer zu kurz kommt. Und die Patienten brauchen diese Art von Abwechslung dringend.«

Seine Anerkennung freute Mag mehr, als sie sich eingestehen wollte. »Wird sich sein Zustand noch einmal so sehr bessern, daß er zu Hause auf seine Transplantation warten kann?« fragte sie.

»Wir versuchen ihn zu stabilisieren. Es geht ihm

deutlich besser als vor einer Woche bei seiner Ankunft im Krankenhaus. Doch selbst wenn er entlassen werden könnte, müßte er sich in nächster Nähe des Hospitals aufhalten. Er müßte einen Signalpiepser bei sich tragen, damit wir ihn Tag und Nacht erreichen könnten, falls sich ein Spender für ihn findet. Dr. Rosenthal, sein Oberarzt, und ich sind noch nicht bereit, ihn in nächster Zeit zu entlassen, aber wir werden ihm Ausgang geben.«

»Ausgang?«

»Wir können ihm einige Stunden Freizeit außerhalb des Krankenhauses bewilligen, damit er ein bißchen Spaß und Abwechslung hat. Leider gibt es hier drin für junge Leute seines Alters nicht allzu viele spannende Aktivitäten. Nur schade, daß seine Mutter kein Auto hat; ich würde ihn ihr sonst für ein paar Stunden am Nachmittag anvertrauen.«

»Ich habe Mrs. Jacoby und Brett heute morgen kennengelernt.« Mag zögerte kurz, doch dann stellte sie die Frage, die ihr schon den ganzen Tag im Kopf umhergewandert war. »Sie haben nicht sehr viel Geld, oder?«

»Nein.«

»Wie können sie sich dann aber eine Lebertransplantation leisten?«

»Geld, oder besser gesagt: Geldmangel, ist kein Kriterium, wenn es um die Notwendigkeit einer Transplantation geht. Einzig und allein die Bedürftigkeit ist entscheidend. Es gibt staatliche Hilfsprogramme für diejenigen, die sich eine solche Operation nicht leisten können. Das ist zwar kompliziert, und der Papierkrieg macht einen schier wahnsinnig, aber ich habe dafür gesorgt, daß Donovan finanziell abgesichert ist.«

»*Du* hast dafür gesorgt?«

Der Vater schenkte Mag ein müdes Lächeln. »Schau nicht so schockiert. Das mache ich schließich öfter. Ich möchte den Jungen retten, Mag. Ich will, daß er seine Transplantation bekommt und noch lange lebt. Ich möchte jeden retten, der ein neues Organ braucht. Unglücklicherweise ist manchmal das Geld leichter zu beschaffen als ein Spenderorgan.« Er drückte zärtlich ihre Schulter. »Du gehst jetzt besser. Ich kenne Donovan gut genug, um zu wissen, daß er schon fertig angezogen und startbereit auf seinem Bett sitzt.«

Mag sauste los zu Donovans Zimmer und eilte hinein. »Fällt dir irgend etwas auf?« fragte er. Er trug Jeans, ein Hemd und eine Baseballkappe.

»Du bist Baseballfan?«

Er lächelte strahlend. »Stimmt, aber außerdem bin ich endlich mein Infusionsgestell losgeworden.« Er warf die Arme in die Luft. »Siehst du: keine Schläuche mehr.« Er glitt vom Bett. Und obwohl er sich bemühte, sich so zu geben, als sei alles in Ordnung, konnte Mag doch seine ungesunde, bleiche Gesichtsfarbe und seine langsamen, schmerzerfüllten Bewegungen nicht übersehen. »Und jetzt nichts wie raus hier«, rief er. »Dieses Zimmer deprimiert mich.«

Mag war völlig seiner Meinung.

Kapitel 5

Das Washington Memorial Hospital war ein weitläufiger Klinikkomplex nahe der Autobahn, die den Bezirk Columbia umgab. Ein Krankenhausgarten mit verschlungenen Spazierwegen war um einen Innenhof herum angelegt worden, an den sich eine Cafeteria anschloß. Man hatte beim Entwurf dieses Krankenhauses Wert darauf gelegt, eine ruhige Umgebung für die Patienten und das Personal zu schaffen. Sträucher, Blumenbeete und plätschernde Springbrunnen verliehen der Anlage eine heitere und friedvolle Atmosphäre, die dem Stoßverkehr trotzte, der auf der nahe gelegenen Autobahn tobte.

Als Mag Donovans Rollstuhl einen der Spazierwege entlangschob, erinnerte sie sich daran, daß diese Gartenanlage eines der Projekte ihrer Mutter in der Juniorliga gewesen war. Mag war damals erst zehn gewesen, als die Liga Spenden gesammelt hatte, um den Krankenhausgarten anlegen zu lassen, doch sie konnte sich noch genau an den Tag erinnern, als die Anlage feierlich eingeweiht worden war. Cindy und sie waren die verschlungenen Wege entlanggerannt und hatten sich vorgestellt, sie hätten sich bei Alice im Wunderland verlaufen.

»Du bist ja so ruhig«, meinte Donovan und störte sie in ihren Erinnerungen.

»Entschuldige. Ich habe nur gerade gedacht, wie hübsch es hier ist.« Energisch schob sie die Gedanken an Cindy beiseite. »Gefällt es dir?«

»Ja. Es gab da einen Park in der Nähe des Hauses, wo ich aufgewachsen bin. In Süd-Virginia. Als Brett noch ein Baby war, haben Mama und ich ihn mitgenommen, um im Sommer auf dem Rasen zu picknikken. Ich habe damals in der Baseball-Jugendmannschaft gespielt, und dieser Park war so etwas wie der allgemeine Treffpunkt unserer Stadt. Jeder hat seine Freizeit dort verbracht.«

»Das klingt, als ob du Sehnsucht danach hättest.«

»Mir fehlt mein Zuhause sehr.«

»Auch bei Brett hatte ich den Eindruck, er hätte Heimweh.«

»Die Wohnung ist sehr klein, und sie liegt im fünften Stock, also kann er nicht einfach nach draußen sausen und mit seinen Freunden spielen, wie er es von zu Hause gewohnt war. Außerdem arbeitet Mama sehr lange. Es ist normalerweise schon dunkel, wenn sie mit dem Bus dort draußen ankommt.« Er seufzte und lehnte sich in seinem Rollstuhl zurück. »Alles hat sich meinetwegen geändert.«

Mag blieb stehen und ging um den Rollstuhl herum, um Donovan ins Gesicht zu sehen. »Es ist nicht deine Schuld, daß du krank geworden bist«, sagte sie.

»Hier oben ist mir das schon klar«, entgegnete er und tippte sich an den Kopf. »Aber warum tut es mir dann hier unten so weh?« Er legte die Hand aufs Herz.

»Ich habe mich fast verrückt gemacht deswegen, aber jetzt habe ich nicht mehr genug Energie, um noch zornig zu sein.«

Mag verstand genau, was er ihr sagen wollte. Hatte sie nicht auch zornig reagiert, nachdem das mit Cindy passiert und der erste Schock abgeklungen war? Auch heute wurde sie noch manchmal wütend. Es war schließlich so ungerecht! »Wenn du jetzt nicht mehr zornig bist, was bist du dann?« fragte sie.

»Müde. Und besorgt.«

Mag dachte daran, was ihr Vater ihr über Donovan erzählt hatte: daß er nämlich die Tatsache, todkrank zu sein, nicht zur Gänze erkennen wollte. Hatte er diese Einsicht jetzt doch zugelassen? »Bist du besorgt, daß ich dich mit dem Rollstuhl aus Versehen an einen Baum fahren könnte?«

»So eine schlechte Lenkerin bist du gar nicht. Nein... Ich mache mir Sorgen, weil ich nicht weiß, was aus Mama und Brett werden soll, wenn mir etwas passiert. Wir haben doch nur einander. Vor allem für Brett ist es hart. Er war noch ein Baby, als Vater uns verlassen hat, und er betrachtet mich nicht nur als seinen Bruder, sondern auch als seinen Ersatzpapa. Und Mama braucht mich ebenfalls.«

Mag hielt Donovan für viel zu jung, um so viel Verantwortung auf seinen Schultern zu tragen. Obwohl sie häufig mit ihrer Familiensituation gehadert hatte, weil ihr Vater seinen ärztlichen Pflichten so viel Zeit widmete, so hatte sie doch zwei Elternteile und ein wunderschönes Zuhause gehabt. Und sie war im Grunde glücklich gewesen, bis Cindy ... »Was ist mit deinen Freunden, die du zu Hause zurückgelassen hast? Hörst du noch von ihnen?« fragte sie.

»Nicht viel. Als ich krank geworden bin – auf der High School war das –, haben mir die Jungens und Mädchen ziemlich viel Mitgefühl entgegengebracht, aber je kränker ich wurde und je mehr Schultage ich versäumte, desto schwieriger wurde es, mit meiner alten Clique mitzuhalten. Einige von ihnen haben sich echt bemüht, Verständnis dafür aufzubringen, was ich durchmachen mußte, aber man weiß erst, wenn man selbst krank ist...« Er ließ den Satz unvollendet.

»Ich bin nie krank gewesen«, meinte Mag, »aber ich weiß genau, was du meinst.«

Er hob den Kopf und schaute ihr tief in die Augen. »Das glaube ich dir aufs Wort.«

Sie spürte, wie sich ihr Gesicht mit zarter Röte überzog. Von Dr. Miller einmal abgesehen, war dies das erste Mal, daß sie ihren Gefühlen von Einsamkeit und Isoliertheit auch nur annähernd Ausdruck verlieh. »Ich glaube, die Menschen sind so beschäftigt mit ihrem eigenen Leben, daß sie manchmal vergessen, daß es noch eine ganze Welt voller Leute gibt, die aus irgendeinem Grund nicht so ganz mithalten können.«

Donovan nickte. »Du sagst es. Sogar meine Freundin hat mit mir Schluß gemacht.«

Mag spürte zu ihrem Erstaunen einen Stich von Eifersucht auf das Mädchen, das er gemocht hatte, ganz egal, wer sie war. »Das war ganz schön mies von ihr.«

Er hob die Schultern. »Ich glaube, es war nicht allein ihre Schuld. Man hatte es damals nicht gerade leicht mit mir, als die Ärzte mir erklärt hatten, meine Leber sei hinüber. Ich war ruppig und gemein. Ich habe sie sozusagen von mir gestoßen.«

Mag entsann sich genau, wie haßerfüllt sie selbst sich während der letzten paar Monate verhalten hatte. Sie hatte sogar aufgehört zu lernen, und zum ersten Mal in ihrem Leben waren ihre Noten völlig abgesackt. Das wiederum war ein weiterer Grund, warum ihre Eltern darauf bestanden hatten, sie müsse einen Therapeuten aufsuchen. »Wie heißt das alte Sprichwort? Man verletzt nur die, die man liebt«, meinte Mag.

Donovan grinste. »Das hab ich auch schon mal gehört. Um ehrlich zu sein, ist Lauren ohne mich besser dran. Sie hat sich unmittelbar nach unserem Bruch mit einem anderen Jungen verabredet, also gehe ich davon aus, daß sie ebenfalls dieser Ansicht ist.«

»Vielleicht wird wieder Normalität in dein Leben einkehren, sobald du deine Transplantation hinter dir hast«, sagte Mag.

»Kann sein. Hör zu, ich wollte mit dir hier keine Beileidsparty veranstalten. Ich finde es ehrlich toll, daß du dir die Zeit genommen hast, mit mir nach draußen zu gehen.«

»Es macht mir Freude, dir zuzuhören, und außerdem war es schön, den Garten mal wiederzusehen. Übrigens finde ich nicht, daß du zuviel Selbstmitleid hast. Was dir passiert ist, war schließlich kein Picknickausflug.«

Er streckte sich und pfückte eine Blüte von einem Busch. »Laß es nie zu, daß deine Leber versagt. Das bringt nur eine Menge Schwierigkeiten.«

»Warum werde ich das Gefühl nicht los, daß du selbst dann Schwierigkeiten hättest, wenn deine Leber nicht krank geworden wäre?«

»Mir scheint, dich kann ich nicht täuschen.« Seine Augen glänzten, und einen Moment lang sah Mag ihn so, wie er wohl vor seiner Krankheit ausgesehen haben mochte. *Ein echter Herzensbrecher,* dachte sie. »Da!« Er reichte ihr die Blume. »Als Zeichen meiner Dankbarkeit.«

Sie nahm die Blüte und steckte sie in ein Knopfloch ihrer Schwesterntracht. »Weißt du, daß wir schon eine Stunde hier draußen sind?« fragte sie nach einem Blick auf ihre Armbanduhr. »Ich wette, gerade eben trägt man die Essenstabletts in deiner Abteilung aus. Ich bringe dich jetzt zurück.«

»Versuchst du mich zu bestrafen?«

Mag lachte. »So schlimm ist das Essen auch wieder nicht.«

»Dann solltest du es gelegentlich mal probieren.«

»Wann zum Beispiel?«

»Warum nicht heute abend?«

Mag spürte, wie sich ihr Herzschlag leicht beschleunigte. Donovan schien gern mit ihr zusammen zu sein. Und diese Feststellung gefiel ihr über die Maßen. »Heute abend kann ich nicht. Meine kleine Schwester fährt ins Sportsommerlager, und Mama will, daß ich mit zum Flughafen fahre, um sie zu verabschieden. Vater kann nicht mitkommen.«

»Macht nichts.« Er wandte den Blick ab, und Mag wurde klar, daß er dachte, sie würde nur einen Vorwand suchen, um ihn loszuwerden.

»Wie wär's mit Samstag?« Sie erinnerte sich, daß seine Mutter an diesem Tag nicht zur Besuchszeit kommen würde.

»Ich habe gedacht, du arbeitest am Samstag nicht.«

»Stimmt, aber ich habe versprochen, der Krankenhausbibliothekarin zu helfen, ein paar neue Bücher zu katalogisieren. Ich könnte dich besuchen kommen, wenn ich damit fertig bin. Vielleicht bringe ich uns ein paar Videos mit, und wir bestellen uns eine Pizza. Ich hab ein Auto, und ich könnte die Pizza schnell holen, wenn wir Hunger bekommen. Darfst du überhaupt Pizza essen?«

»Mein Arzt meint, daß ich mich im Moment bei meiner Ernährung nicht einschränken muß. Ich glaube, es würde ihm gefallen, wenn ich etwas an Gewicht zulegte.«

»Du kannst was von mir abhaben«, entgegnete sie trocken. »Ich suche schon seit Jahren nach einem Platz, wo ich ein paar Pfunde loswerden kann.«

»Ich finde, du siehst toll aus.«

»Ich wollte nicht nach Komplimenten angeln. Ehrlich. Es ist nur so, daß ich schon immer mit meinem Übergewicht gekämpft habe.« Mag wünschte, sie hätte dieses Thema nicht zur Sprache gebracht. Sie wollte ihn nicht unbedingt wissen lassen, wie unzulänglich und unwohl sie sich in Gegenwart von Jungen ihres Alters fühlte.

»Das hast du doch gar nicht nötig«, sagte Donovan. »Ich hätte dir dieses Kompliment nicht gemacht, wenn ich es nicht so meinte.«

Mag war außerordentlich erfreut, und als sie ihn zu seinem Zimmer zurückfuhr, plauderte sie den ganzen Weg über angeregt mit ihm. Nachdem sie sich vergewissert hatte, daß er wohlbehalten wieder im Bett lag, überreichte sie ihm die Bücher, die sie für ihn ausgesucht hatte.

»Also dann, bis Samstag«, sagte sie zum Abschied und fuhr schnell nach Hause, um ihre Schwester zum Flughafen zu begleiten. Noch mehr als sonst wünschte sie sich an diesem Abend, Cindy anrufen und ihr alles erzählen zu können, aber natürlich war das unmöglich.

»Um in der Krankenhausbibliothek auszuhelfen, hast du dich aber erheblich schick gemacht«, sagte Mags Mutter, als Mag früh am Samstag morgen das Haus verlassen wollte.

Mag spürte, wie sie rot wurde. »Ich hab diese Schwesterntracht satt. Kann ich nicht zur Abwechslung mal was anderes anziehen?«

»Oh, so war das nicht gemeint«, fügte ihre Mutter hastig hinzu. »Ich finde sogar, daß du sehr hübsch aussiehst. Es ist schön zu sehen, daß du wieder Interesse an deinem Äußeren hast.«

Mag erwog ernsthaft, sich noch einmal umzuziehen. Wenn ihre Mutter fand, sie sah hübsch aus, hatte sie sich vielleicht wirklich zu schick gemacht. Sie wollte für Donovan gut aussehen, suchte seine Anerkennung. »Ich werde bis zum Abend im Krankenhaus bleiben, falls du mich brauchst«, teilte Mag ihrer Mutter mit, bevor sie schließlich das Haus verließ.

In der Bücherei arbeitete Mag flott voran, während die Bibliothekarin ihr beteuerte, wie froh sie über Mags Mithilfe war. Sie schien so dankbar, daß Mag versprach, noch mehr Bücher mitzubringen und auch an anderen Samstagen auszuhelfen.

Mag wurde langsam klar, wie wertvoll die Mitarbeit der Schwesternhelferinnen für das Krankenhaus war, und es tat ihr leid, den Vorschlag ihres Vaters anfangs so strikt abgelehnt zu haben.

Gegen Mittag ging sie zu Donovan. Er war angezogen und saß auf einem Stuhl, von wo aus er mit der Fernbedienung zwischen den TV-Kanälen hin und her schaltete. »Ich habe zwei Gesellschaftsspiele, ein Kartenspiel und einen Videofilm für uns«, sagte sie, als sie ins Zimmer stürmte. »Was würde dir am besten gefallen?«

Er drückte die Aus-Taste an der Fernbedienung und wandte sich zu ihr um. »Kannst du mir wieder einen

Rollstuhl besorgen und mich nach draußen fahren?«
Er klang zerstreut und nachdenklich.

»Klar, wenn du das möchtest. Aber warum?«

»Bitte, tu's einfach. Tu's jetzt gleich.«

Kapitel 6

Mag brachte den Rollstuhl, und Donovan setzte sich hinein, wobei er ein kleines ledernes Rasier-Necessaire fest umklammert hielt. »Möchtest du zum Rasieren und Haareschneiden gefahren werden?« fragte sie, um ihn mit einem Scherz zum Lächeln zu bringen. Er wirkte angespnant und nervös.

»Wir reden draußen weiter«, meinte er nur.

Verwundert schob sie ihn den Korridor entlang, in den Aufzug hinein und dann hinaus in die Gartenanlage. Die Sonne stach vom Himmel und hüllte die Landschaft in ein weiches Tuch aus feuchter Sommerhitze. Es war schwierig, im belebten Park ein stilles Plätzchen zu finden, doch schließlich schob Mag den Rollstuhl neben eine Weide etwas abseits des stark frequentierten Spazierwegs. Die glänzenden Blätter des Baumes beschatteten einen kleinen Teich, wo Libellen über dem stillen Wasser flirrten.

»Ich glaube, hier sind wir so ungestört, wie es heute überhaupt nur geht«, sagte Mag. Sie setzte sich ins Gras neben den Rollstuhl und sah ängstlich und erwartungsvoll zu Donovan hoch. »Willst du mir jetzt erzählen, was eigentlich los ist?«

Donovan drehte das Leder-Necessaire in seinen Händen und blickte sich um. »Ich ... äh ... glaube, ich benehme mich ziemlich komisch.«

»Ganz und gar nicht. Wie können einen Mann Gesellschaftsspiele und ein Video interessieren, wenn er ein Rasier-Necessaire in seinem tödlichen Griff gefangen hält?«

Zum ersten Mal an diesem Tag sah sie, wie sich ein Lächeln in seinen Mundwinkeln zeigte. »Jetzt, wo wir hier draußen sind, weiß ich gar nicht genau, wo ich anfangen soll.«

»Ganz am Anfang, würde ich vorschlagen. Laß dir Zeit, wir haben keine Eile.«

»Ich verschwende bloß deine Zeit, das muß ich leider zugeben«, sagte Donovan. »Du hast bestimmt andere Dinge zu tun an einem Samstag. Und ich möchte dich keinesfalls bedrängen oder dich mit etwas belasten, das du gar nicht willst.«

»Schon in Ordnung«, erwiderte Mag, die plötzlich erkannte, daß es stimmte. Wie hatte sie sich nur so sehr auf ihn einlassen können – in so kurzer Zeit? Und doch hatte sie es getan. »Ich habe das Gefühl, dich schon seit ewigen Zeiten zu kennen.«

»Es ist eigenartig«, meinte er.

»Was meinst du?«

»Die Art und Weise, wie eine Krankheit dich Menschen näherbringt, die du sonst im Alltag niemals getroffen hättest.«

Hatte auch Donovan die Einzigartigkeit ihrer Beziehung gespürt? Hatte er diese seltsame Bindung gefühlt, die all die Barrieren der Fremdheit hinweggespült hatte, die ansonsten die ersten Phasen des Kennenlernens begleiteten?

»Dein Vater nennt dieses Phänomen ›vertraute Fremde‹«, sagte Donovan. »Er meint, daß Menschen dazu neigen, einem völlig Fremden, der im Flugzeug neben ihnen sitzt, ihre tiefsten Gefühle zu offenbaren, was sie bei ihren nächsten Familienangehörigen niemals tun würden.«

»›Vertraute Fremde‹... Sehr interessant«, meinte Mag.

»Dieser Begriff erklärt für mich einiges. Weißt du, ich hatte damals im Krankenhaus in meinem Heimatort einen Zimmergefährten, und ich habe mit ihm buchstäblich über alles gesprochen. Er war das, was meine Schulkameraden einen Trottel genannt hätten, aber er war ebenfalls krank, und wir kamen uns sehr nahe in all den Wochen, die wir zusammen im Krankenhaus verbrachten.«

»Was ist mit ihm passiert?«

»Er wurde wieder gesund und ging nach Hause. Er kam immer wieder, um mich zu besuchen, aber mit der Zeit wurde die Bindung zwischen uns schwächer. Vielleicht war ich eifersüchtig, weil er gesund wurde und ich nicht. Möglicherweise lag es auch daran, daß wir nie eine echte Freundschaft geteilt hatten, sondern nur ›vertraute Fremde‹ gewesen waren.« Donovan schüttelte den Kopf, als wollte er seine Erinnerung abwerfen.

»Und du glaubst, das alles trifft auch auf uns zu?« fragte Mag. »Nur ›vertraute Fremde‹? Und wenn du gesund bist, wirst du mich wieder aus deinem Leben streichen?« Mag konnte sich nicht vorstellen, ihn je zu vergessen.

»Ich glaube, wir sind Freunde, oder?« Ein Lächeln erhellte sein Gesicht, und Mags Herz machte einen Sprung. Sie hatte seit Cindys Tod keinen wirklich engen Freund mehr gehabt. »Denn wenn wir Freunde sind – und nicht nur zwei Fremde –, dann kann ich dir etwas erzählen und sicher sein, daß du das Geheimnis bewahrst.«

»Hat es etwas mit deiner Transplantation zu tun?« Mag war völlig verwirrt von der seltsamen Wendung, die ihre Unterhaltung genommen hatte.

»Sozusagen.«

»Worum geht es? Hat man einen Spender für dich gefunden?«

»Wäre es so, dann hätte ich eine Party gefeiert. Nein... es ist etwas anderes.« Er biß sich auf die Unterlippe. »Es hat im weitesten Sinn mit deinem Vater zu tun.«

»Mit meinem Vater?«

»Ich verwirre dich völlig.« Er fuhr sich mit der Hand nervös durchs Haar. »Ich möchte dir nur etwas erzählen... dir etwas zeigen..., das vielleicht unsere Freundschaft beeinflußt. Ich meine, wenn du es einmal gesehen hast, wirst du es möglicherweise deinem Vater erzählen wollen.«

»Das werde ich nicht, wenn du es nicht willst. Ärzte bittet man ständig um Vertraulichkeit. Mein Vater würde das sicher verstehen.«

Donovan schien einen Moment zu zögern, doch dann öffnete er den Reißverschluß des Ledermäppchens und zog einen gefalteten Briefumschlag hervor. »Ich kann dieses Geheimnis nicht mehr länger für mich behalten, sonst platze ich. Ich habe Vertrauen zu dir und weiß, daß es unter uns bleibt.« Er warf ihr den Umschlag zu. »Lies das. Ich bin gestern morgen aufgewacht, und da lag das auf meinem Kopfkissen. Keine Ahnung, wie es dahin geraten ist.«

Behutsam nahm Mag den Umschlag zur Hand. Donovans Name stand in wunderschöner, fließender Schrift auf der Vorderseite. Rotes Siegelwachs mit den eingeprägten Initialen OLW hatte die Rückseite verschlossen, war jedoch jetzt, nach Öffnen des Briefs, gebrochen. Sie zog einen zierlich beschriebenen Briefbogen hervor und begann zu lesen.

Lieber Donovan,

Du weißt nicht, wer ich bin, aber ich kenne Dich, und weil ich das tue, möchte ich Dir ein besonderes

Geschenk zukommen lassen. Beiliegend findest Du einen unterschriebenen Scheck – mein Geschenk an Dich, das mit keinerlei Verpflichtung verbunden ist, wie oder wofür Du es verwenden willst. Keiner weiß von diesem Scheck, außer Dir, und Du kannst darüber sprechen, mit wem Du willst.

Es ist nicht wichtig, wer ich bin; was zählt ist, daß Du und ich vieles gemeinsam haben. Durch einen nicht selbstverschuldeten Unglücksfall haben wir beide Schmerz und Einsamkeit ertragen müssen, viele Tage in einem Krankenhaus verbracht und uns allein und deprimiert gefühlt. Ich habe auf ein Wunder gehofft, aber am allermeisten habe ich mir jemanden gewünscht, der wirklich verstand, was ich durchmachte.

Ich kann dein Leben nicht verlängern. Ich kann dir keine Schmerzen ersparen, aber ich kann dir einen Wunsch schenken, genauso, wie es jemand für mich getan hat. Mein Wunsch hat mir geholfen, einen Lebenszweck zu finden, Vertrauen und Mut.

Freundschaft hat nichts mit Zeit zu tun, und echte Wunder liegen im Geben, nicht im Nehmen. Nimm meinen Scheck und erfülle Dir Deinen Wunsch.

Auf immer Dein Freund,
JWC

Mag wußte nicht, was sie sagen sollte. Tief bewegt sah sie zu Donovan empor.

»Da ist noch etwas anderes«, meinte er und griff

abermals in das Ledermäppchen. Er zog ein weiteres gefalztes Stück Papier hervor und reichte es Mag.

Sie entfaltete es und erkannte, daß es sich dabei um einen Scheck handelte: ausgestellt auf den Namen Donovan Jacoby und über eine Summe von hunderttausend Dollar. Die Unterschrift lautete: Richard Holloway, Esq., Verwalter der Stiftung »Mein letzter Wunsch«. Mag schnappte nach Luft.

»Glaubst du, daß der echt ist?« fragte Donovan. »Weißt du irgend etwas über diese Stiftung?«

»Ich habe noch nie davon gehört.« Mag kramte in ihrem Gedächtnis nach all den Namen der wohltätigen Organisationen, die das Krankenhaus unterstützten. »Normalerweise fließt das Geld dem Krankenhaus zu, aber nicht einzelnen Personen. Und schon gar nicht einem Patienten.« Sie hielt den Scheck ins Licht, entdeckte jedoch nur das Wasserzeichen einer Bank in Boston, Massachusetts. »Kennst du irgend jemanden mit den Initialen JWC?«

»Ich habe mir schon den ganzen Morgen darüber den Kopf zerbrochen, doch die einzige Person, die mir eingefallen ist, ist ein Junge in meiner ehemaligen Schule namens Jed Calloway – den Anfangsbuchstaben seines mittleren Namens kenne ich nicht. Aber er kann es keinesfalls sein. Er hat keinen Pfennig Geld. Nein, Jed kann's nicht sein.«

»Und wie ist es mit diesem Richard Holloway?«

»Nie von ihm gehört. Was bedeutet überhaupt dieses E-s-q? Kennst du die Abkürzung?«

Mag runzelte die Stirn. »Ich habe sie schon in alten Büchern gelesen. Das ist die Abkürzung für *Esquire,* irgendso ein altmodischer Adelstitel. Ich glaube, er ist der offizielle Vertreter dieser Stiftung. Vielleicht steht er ja im Telefonbuch – wir könnten das nachschlagen.«

Donovan fuhr sich rasch mit der Zunge über die trockenen Lippen. »Das ist eine Menge Geld, nicht wahr?«

»Wir wissen beide, daß es das ist. Warum sollte jemand gerade dir diese Summe schenken?«

»Ich weiß es nicht. Alles, was in dem Brief steht, ist, daß dieser JWC nachfühlen kann, was ich durchmache, und daß ich dieses Geld für etwas verwenden soll, was ich mir wirklich wünsche.«

»Und, was wünschst du dir?«

»Eine neue Leber.« Er stieß ein freudloses Lachen aus. »Wir wissen beide, daß man sich gerade das nicht mit Geld kaufen kann.«

»Es muß doch noch etwas anderes geben.«

»Es gibt eine Menge Dinge. Ich muß noch genauer darüber nachdenken. Ich kann all das Geld doch nicht für mich allein ausgeben.«

»Ich glaube, das ist es, was dieser JWC von dir erwartet.«

Er ließ seinen Blick hinüber zu dem Weidenbaum wandern. »Da gibt es noch ein Problem«, sagte er schließlich langsam.

»Und welches?«

»Es fällt mir schwer, es auszusprechen.«

»Mir kannst du es doch sagen.« Mag fühlte, wie ihr das Herz bis zum Hals schlug.

»Das ist der Teil, der nun deinen Vater betrifft.«

»Inwiefern betrifft er meinen Vater?«

»Ich fürchte, wenn er von dem Geld erfährt, nimmt er es mir weg.«

Kapitel 7

»Es dir wegnehmen? Das würde mein Vater nie tun!« Mag war sowohl verblüfft als auch verletzt von Donovans Befürchtung.

»Ich meine ja auch nicht, daß er es mir mit Absicht wegnehmen würde. Aber möglicherweise *müßte* er es mir nehmen.«

»Aber warum? Offensichtlich will doch dieser JWC, daß genau *du* es haben sollst.« Donovan zuckte mit den Schultern, und Mag sah, daß er Probleme damit hatte, das, was er sagen wollte, in Worte zu fassen. Sie versuchte es ihm leichter zu machen, indem sie sich auf die Knie niederließ und seine Hand nahm. »Es ist *dein* Geld. Also warum sollte mein Vater es dir wegnehmen wollen?«

Er faßte mit der anderen Hand in ihr Haar und strich es sanft zurück. Ihre Kopfhaut prickelte unter seiner Berührung. »Meine Familie ist arm, Mag. Ich weiß, daß wir für dieses Krankenhaus ein Sozialfall sind. Mama hat mir erzählt, wie dein Vater uns eine kostenlose Behandlung ermöglicht hat, um uns zu helfen, für all das hier aufkommen zu können.«

»Das Geld darf nicht entscheiden, wer eine Transplantation erhält.« Sie rief sich das Gespräch mit ihrem Vater ins Gedächtnis, als er ihr versichert hatte, daß Bedürftigkeit das einzige Kriterium bei der Entscheidung war, ob jemand ein Organ für eine Transplantation erhielt oder nicht.

»Ich weiß das alles, aber jetzt, wo ich selbst über Geld verfüge, werde ich es wohl für die Operation verwenden müssen, nicht wahr?«

Mag konnte diese Frage nicht beantworten. »Und wenn es so wäre? Würdest du dann etwa lieber auf die Transplantation verzichten?«

Er starrte den Scheck an. »Das ist eine Menge Geld, und meine Familie könnte es gut für alles mögliche brauchen.«

»Wie kannst du nur daran denken, es für etwas anderes als die Operation zu verwenden? Ich weiß, daß deine Mutter jeden Pfennig dafür ausgeben würde, um dich am Leben zu erhalten. Welchen Unterschied macht es also, wenn du es gleich für deine Transplantation ausgibst?«

»Es macht einen Unterschied *für mich*«, sagte Donovan leise. »Und darum bitte ich dich auch so inständig darum, das Geheimnis für dich zu behalten und deinem Vater nichts davon zu erzählen. Wenn das Geld wirklich mir gehört, sollte ich auch entscheiden dürfen, wofür es ausgegeben wird.«

»Aber...«

»Du hast es mir versprochen«, unterbrach Donovan sie. Weil er die Schärfe seiner Worte abschwächen wollte, streichelte er Mags Wange. »Freunde halten die Versprechen, die sie geben. Das ist einfach so.« Er zog sie auf die Füße. »Komm jetzt. Ich glaube, ich kann dich im Monopoly besiegen. Nimmst du die Herausforderung an?«

Doch Mag hätte gern noch die Angelegenheit mit der Stiftung »Mein letzter Wunsch« etwas intensiver diskutiert. »Aber Donovan...«

»Vielleicht hätte ich dir nicht davon erzählen sollen. Ich wollte dich nicht unter Druck setzen. Ich brauche nur noch etwas mehr Zeit, um das Ganze zu überdenken.«

»Ich bin froh, daß du mit mir darüber gesprochen hast. Aber ich weiß nicht, wie ich dir dabei helfen kann.«

»Dann laß uns jetzt wieder reingehen und später weiterreden. Jetzt möchte ich gern ein bißchen von der Abwechslung haben, die du mir in Aussicht gestellt hast.«

Mag verbrachte den Rest des Nachmittags und den ganzen Abend mit Donovan. Sie spielten Gesellschaftsspiele und sahen sich den Videofilm im Aufenthaltsraum an. Ein paar von den jüngeren Kindern schlossen sich ihnen an, und Mag sah, wie gern sie alle Donovan mochten. Er konnte gut mit ihnen umgehen; seine freundliche und offene Art ließ die Menschen in seiner Gegenwart auftauen. Und auch sie fühlte sich behaglich und entspannt bei ihm.

Am späteren Abend war Donovan dann völlig erschöpft und mochte auch die Pizza nicht mehr essen, die Mag auf sein Zimmer brachte. »Du bist mir doch nicht böse?« fragte er, als er ins Bett kroch.

»Pfeif auf die Kalorien.« Sie versuchte, locker zu klingen, als sie die ungeöffnete Schachtel zur Seite schob und sein Kopfkissen aufschüttelte. Seine Gesichtsfarbe, die noch gelblicher schimmerte als am Morgen, beunruhigte sie. »Vielleicht hast du dir heute zuviel zugemutet«, befürchtete sie.

»Ich war heute ohnehin nicht so fit. Aber ich weiß es sehr zu schätzen, daß du deine freie Zeit mit mir verbracht hast. Das bedeutet mir viel.«

»Es hat mir Spaß gemacht.« Mag meinte, was sie da sagte. Die Zeit mit ihm war wie im Flug vergangen. »Deine Mutter und Brett werden morgen zu Besuch kommen, und dann ist es schon gleich wieder Montag – der Start einer ganz neuen Woche.«

»Eine weitere Woche im Paradies«, murmelt er zynisch. Seine Augenlider wurden schwer, und Mag sah, wie sie sich gegen seinen Willen schlossen. »Vergiß dein Versprechen nicht«, flüsterte er noch.

»Nein, ganz bestimmt nicht«, erwiderte sie. Er schlief sofort ein, aber Mag brachte es nicht über sich, das Zimmer zu verlassen. Sein Atem klang hohl, und sie machte sich Sorgen um ihn. Sie wünschte, ihr Vater wäre hier, um sicherzugehen, daß mit Donovan alles in Ordnung war. Sie zupfte noch ein wenig an der Bettdecke herum und strich sie glatt, wie sie es während ihrer Ausbildung zur Schwesternhelferin gelernt hatte. Sie dachte an den Brief, den er bekommen hatte, und an den Scheck.

Mag wurde klar, daß sie unter völlig anderen Umständen aufgewachsen war als Donovan. Sie hatte viele materielle Vergünstigungen genossen und sich nie ernsthaft etwas wünschen müssen. Mit sechzehn war sie auf eine noble Privatschule gewechselt, hatte teure Kleider getragen und ihr eigenes Auto gefahren. Doch es war nicht so, daß ihre Eltern ihr keine ideellen Werte vermittelt hätten. Sehr oft hatte ihre Mutter gemahnt: »Wir haben die Pflicht, anderen zu helfen, die vom Schicksal nicht so begünstigt sind wie wir. Der Beruf deines Vaters hat den Sinn, zu helfen und zu heilen. Ich engagiere mich sehr in meinen Wohltätigkeitsorganisationen, denn es vermittelt mir ein tiefes Gefühl von Befriedigung, zu wissen, daß ich etwas Sinnvolles für andere tue.«

Bis jetzt hatte Mag all dem keine besondere Bedeutung beigemessen. Aber das großzügige Geschenk eines gewissen JWC an eine Person, die er oder sie angeblich gar nicht kannte, veranlaßte Mag, innezuhalten und die Philosophie ihrer Eltern einer genaueren Betrachtung zu unterziehen. Warum sollte ein völlig fremder Mensch Donovan so viel Geld schenken? Und wer war dieser ominöse JWC überhaupt? Mag stellte fest, daß sie nicht nur neugierig, sondern auch ein wenig eifersüchtig war. Es war durchaus nicht so, daß sie Donovan das Geld nicht gegönnt hätte – das tat sie, weiß Gott. Das Geld an sich interessierte Mag nicht im geringsten. Was sie so bedrückte, waren die Besorgnis und das Mitgefühl, die ein anonymer, gesichtsloser Mensch hier bewies.

»Schmoll nicht! Das hilft dir auch nicht weiter.« Mag vernahm Cindys Stimme aus einem Winkel ihres Bewußtseins.

»Aber du verstehst nicht! Mein Vater macht sich mehr Gedanken um seine Patienten als um mich!« Mag erinnerte sich, wie sie ihrer Freundin vorgejammert hatte, als am Tag ihres Mittelstufenabschlusses ein Notfall ihren Vater ins Krankenhaus gerufen hatte und er bei der Feier nicht dabeigewesen war.

»Ärzte gehören nicht nur ihrer Familie, Maggie. Sie gehören allen Menschen«, hatte Cindy ihr versichert. »Ähnlich wie der Präsident, finde ich. Ich bin sicher, er fühlt sich den Menschen, die ihm anvertraut sind, verpflichtet.«

»Aber warum hat mein Vater sich dann überhaupt eine Familie zugelegt? Warum hat er sich nicht einfach der Menschheit geweiht und auf uns verzichtet?«

»Wahrscheinlich weil er sich euch gewünscht hat«,

antwortete Cindy. »Wer sagt, daß man nicht beides haben darf?«

Und jetzt, Jahre später, als sie neben Donovans Bett stand und beobachtete, wie sich seine Brust bei der Anstrengung des Atmens hob und senkte, erinnerte sich Mag an diese Unterhaltung mit lebendiger Schärfe. Fühlte sich auch dieser JWC den Kranken und Sterbenden verpflichtet? War das die Triebfeder, die hinter dieser Organisation »Mein letzter Wunsch« stand? Und wenn es so war, woraus resultierte dann diese Art von Mitgefühl? Steckte auch in Mag die Anlage, so zu empfinden? So, wie es auch ihre Eltern taten?

Sie sehnte sich danach, all das mit Cindy diskutieren zu können. Ihre beste Freundin hätte ihr helfen können, Sinn in diese verwirrende Angelegenheit zu bringen. Aber natürlich gab es keine Cindy mehr. Bedrückt und viel deprimierter, als sie es die letzten Wochen über gewesen war, verließ Mag hastig Donovans Bett und das Krankenhaus.

»Dein Vater und ich fahren zum Country-Club hinaus, um ein paar Runden Golf zu spielen. Möchtest du mitkommen?« fragte sie Mags Mutter am Sonntag nachmittag.

»Ehrlich gesagt, nein.« Mag fühlte sich antriebslos, als wäre alle Energie aus ihr herausgeflossen. »Ich bleibe lieber hier am Pool liegen.«

»Wie du möchtest.« Sie sah, wie ihre Mutter zögerte. »Ist mit dir alles in Ordnung?«

»Ja, bestens.«

»Du scheinst heute ein bißchen bedrückt zu sein. Und letzte Woche machtest du noch einen so lebhaften Eindruck. Ist gestern im Krankenhaus irgend etwas passiert?«

»Nichts ist passiert. Ich habe mich sehr gut mit einem der Patienten unterhalten, und ich mache mir Sorgen um ihn.«

»Der junge Jacoby... Dein Vater hat mir von ihm erzählt.«

Mag setzte sich aufrecht hin. »Hat Papa etwas gesagt, wie es ihm heute geht?«

»Ich versuche, ihn ein wenig zur Entspannung an die frische Luft zu locken, und habe ihn gebeten, heute nicht in der Klinik anzurufen. Wenn er wirklich gebraucht wird, wird man ihm schon Bescheid sagen.«

Mag kannte diese Versuche ihrer Mutter, den Vater, so gut es ging, vor Überarbeitung zu schützen, seit sie denken konnte. Sie plante immer wieder Ausflüge und kleine Wochenendreisen. Aber die meisten gutgemeinten Pläne wurden durch Anrufe aus dem Krankenhaus vereitelt – jetzt häufiger denn je, da er Leiter der Transplantationsabteilung geworden war. »Geht ihr beide ruhig zum Golfspielen«, sagte Mag. »Ich bleibe gern hier allein.«

Als die Eltern das Haus verlassen hatten, versuchte Mag, es sich am Pool gemütlich zu machen und ein Buch zu lesen, doch sie schaffte es nicht, sich auf die Handlung zu konzentrieren. Ihre Gedanken kehrten immer wieder zu Donovan zurück, zu seinen Heilungsaussichten, zu JWC und der Stiftung »Mein letzter Wunsch«. Ungefähr um fünf gab sie auf, zog sich an und hinterließ ihren Eltern eine Nachricht: »Bin weggefahren, um mir ein Eis zu kaufen. Keine Sorge, Mama: Ich nehme ein Diät-Eis. Ehrlich!«

Sie hoffte, der witzige Ton der Notiz würde ihre Eltern davon abhalten, sich Sorgen zu machen. Sie war sehr niedergeschlagen und versuchte, den Rat ihres Therapeuten zu befolgen: »Bleib in Bewegung, sei aktiv.«

Mag war nicht sicher, wie sie schließlich in die Nähe des Krankenhauses geraten war, aber bevor sie sich nur darüber klarwerden konnte, fuhr sie auch schon die Auffahrt entlang, die sie zum Portal führte. Die Umgebung der Klinik wurde sorgsam gepflegt. Ältere Häuser, die früher den Oberen Zehntausend von Washington gehört hatten, prägten das Bild an der Nordseite des Gebäudekomplexes, die abseits der Autobahn lag. An der westlichen Seite der Klinik kündeten riesige Bautafeln von der geplanten Errichtung neuer Krankenhausgebäude. Mag schien das ganze Areal wie eine eigenartige Mischung aus alt und neu, mit einer Grenzlinie von Kirschbäumen, die die Vergangenheit von der Gegenwart trennte.

Als sie sich dem Krankenhauseingang näherte, sah Mag plötzlich Mrs. Jacoby und Brett, die an der Bushaltestelle warteten. Sie stoppte ihr Auto direkt vor den beiden. »Wie geht es Ihnen?« fragte sie.

Brett winkte ihr zu. »Hallo«, rief er.

Mrs. Jacobys Gesicht schien faltig und erschöpft, und Mags Herz pochte schmerzhaft vor Mitgefühl. »Steigen Sie ein«, bat Mag. »Ich bringe Sie nach Hause.«

»Das ist viel zu weit draußen«, wehrte Mrs. Jacoby ab.

»Kein Problem. Ich tue es gern.«

»Ehrlich?«

»Ganz ehrlich«, versicherte Mag und wußte, daß sie es absolut so meinte. Sie wollte Donovans Familie besser kennenlernen, und sie wollte helfen. Es lag nicht in ihrer Macht, die Vergangenheit zu ändern, aber sie konnte auf die Zukunft Einfluß nehmen. »Steigen Sie ein und erzählen Sie mir alles über Donovan. Ich habe eine Million Fragen an Sie.«

Kapitel 8

Brett kletterte auf die Rückbank, und Donovans Mutter ließ sich müde auf den Beifahrersitz sinken. »Das ist sehr nett von dir. Aus irgendeinem Grund scheint der Bus am Sonntag seinen Fahrplan nicht einzuhalten.«

»He, dieser Wagen ist super!« lobte Brett und hopste auf den Ledersitzen auf und ab. »Gehört er dir?«

»Ja, er gehört mir«, antwortete Mag.

»Leg deinen Sicherheitsgurt an«, mahnte seine Mutter.

»Ja, das ist Gesetz in meinem Wagen«, bestätigte Mag, als er zu protestieren anfing. Als sie endlich hörte, wie der Gurt in seiner Halterung einrastete, fragte sie: »Also, wie ist es Donovan heute ergangen?«

»Er war nicht gut drauf«, verkündete Brett.

»Er hat sich nicht besonders wohl gefühlt«, erklärte Mrs. Jacoby. »Dr. Rosenthal sagt, sein Elektrolythaushalt sei gestört und seine Kaliumwerte seien stark erhöht. Das war früher schon mal der Fall, und Donovan ist dann immer sehr matt und verwirrt. Der Arzt meint, es belastet außerdem sein Herz.«

»Er hat geredet, als ob wir noch zu Hause wären«, drängte sich Brett in das Gespräch. »Er hat mich ständig aufgefordert, Lauren anzurufen und ihr auszurichten, er würde sie zu einer Verabredung abholen. Das ist doch albern.«

»Ich habe dir doch erklärt, daß das an seinen Blutwerten liegt«, warf Mrs. Jacoby ein. »Er wußte einfach nicht, was er sagte.«

»Er hat nicht mal zugehört, als ich ihm von der Burg erzählt habe, die ich in meinem Zimmer gerade baue.«

»Bitte, Brett, er kann doch nichts dafür.«

Mag spürte, daß Mrs. Jacoby kurz davor war, in Tränen auszubrechen. »Ich habe eine Idee«, sagte

Mag. »Bevor ich euch nach Hause bringe, könnten wir doch noch ein Eis essen gehen. Ich lade euch ein.«

»Au ja!« schrie Brett. »Ich möchte Schokoladeneis.«

»Mach doch unseretwegen bitte keinen Umweg.«

»Ich wollte mir ohnehin selbst welches holen, als ich Sie an der Bushaltestelle stehen sah. Es gibt hier ganz in der Nähe ein kleines Einkaufszentrum.«

»Das ist sehr lieb von dir«, sagte Mrs. Jacoby. »Ich möchte zwar kein Eis, aber Brett wird sicher keinen Schritt von deiner Seite weichen.«

Mag mußte lachen. Als sie die kleine Einkaufspassage erreichten, parkte sie den Wagen und marschierte mit den Jacobys in eine Eisdiele, die wie ein altmodisches, ländliches Kolonialwarengeschäft dekoriert war. Sie gaben ihre Bestellung auf, und während sie auf ihr Eis warteten, gab Mrs. Jacoby Brett zwei Münzen, weil er unbedingt an einem Spielautomaten in der Ecke sein Glück versuchen wollte. Als er eifrig an seinem Automaten hantierte, lehnte Mrs. Jacoby sich müde gegen die Rückwand der Nische, in der sie saßen, und schloß die Augen. »Ich bin so erschöpft. Nochmals vielen Dank, daß du uns mitgenommen hast.«

»Es ist wirklich zu blöd, daß Sie so weit vom Krankenhaus wohnen.«

»Glaub mir, ich habe wirklich versucht, etwas in der Nähe zu finden, aber in der unmittelbaren Umgebung gibt es keine Mietwohnungen. Und die Häuser übersteigen, fürchte ich, meine finanziellen Möglichkeiten.«

»Donovan hat mir von Ihrem Haus in Virginia erzählt. Er vermißt es sehr.«

»Ich auch, aber als man uns damals sagte, er müsse eine Lebertransplantation bekommen, war mir klar, daß wir unbedingt nahe am Transplantationszentrum wohnen mußten. Der Notruf kann zu jeder Tageszeit eintreffen, und je näher wir wohnen, desto schneller können wir auch zur Stelle sein. Ich bin sicher, du verstehst, wie wichtig das Timing bei einer so kritischen Operation ist.«

Mag nickte. »Vielleicht kommt der Anruf jetzt ja bald.«

»Vielleicht. Aber ich sehe dem Ganzen mit gemischten Gefühlen entgegen.«

»Ja? Warum?«

»Denk mal darüber nach: Sein Leben, diese Leber, die er so verzweifelt braucht, steht in direktem Zusammenhang damit, daß jemand anderer stirbt. Ich muß immer und immer wieder daran denken. Ich denke an diese Mutter, die ihr Kind verliert, und das macht mich ganz elend. Aber mein Sohn hat nicht mehr viel Zeit zur Verfügung; jeder Tag, der vergeht, könnte der letzte gewesen sein. Und jeder Tag bringt ihn entweder dem Tod näher – oder dem Überleben mit dem Organ eines Kindes, um das eine Mutter trauert. Heutzutage stellt uns die Medizin vor sehr schwierige Entscheidungen.«

»Manchmal hat man den Eindruck, die Ärzte spielen Gott, nicht wahr?« fragte Mag.

»Versteh mich bitte nicht falsch ... Ich bin dankbar für die technischen Möglichkeiten, und ich bin dankbar für Männer, wie dein Vater einer ist – Männer, die ihr Leben sterbenden Menschen widmen, um ihnen Genesung und langes Leben zu schenken. Organtransplantationen sind wie ein Wunder, aber es sind doch immer auch Menschen involviert, und das macht die Sache so schwierig. Leben und Tod sind eben schwierige Dinge.« Mrs. Jacoby schaute Mag in die Augen und lächelte dann. »Tut mir leid, ich wollte nicht so philosophisch werden. Es war einfach ein langer Tag für mich.«

»Und jetzt, wo Sie schon einmal in die Stadt gezogen sind, werden Sie auch nach Donovans Transplantation hier bleiben?«

»Ich denke schon. Er wird regelmäßig zu Nachuntersuchungen müssen, und natürlich müssen die Medikamente, die seine Immunabwehr außer Kraft setzen, laufend genauestens abgestimmt werden. Und Washington ist gar keine schlechte Stadt, um zwei Söhne großzuziehen. Es gibt hier jede Menge geschichtsträchtiger Plätze, und die Vororte sind wirklich zauberhaft. Ich werde mir zwar sicher nichts Großartiges leisten können, aber eines Tages wird uns schon etwas nicht zu Teueres in einer hübschen Umgebung unterkommen, das wir uns finanziell leisten können.« Sie lachte verlegen und fügte dann hinzu: »Heute abend würde ich sogar ein Haus im Grünen gegen ein Zimmerchen in der Nähe des Krankenhauses eintauschen. Diese weiten Fahrten jeden Tag sind die Hölle.«

Wieder einmal dämmerte es Mag, wie behütet ihr eigenes Leben bisher verlaufen war. Sie lebte in ein und demselben Zuhause, seit sie ein Baby war, und sie nahm ihren gehobenen Lebensstil als etwas Selbstverständliches. »Wenn Sie ein Auto hätten...«, wollte sie gerade vorschlagen.

»Ich könnte mir die Versicherung nicht leisten. Nein, nein, im Augenblick geht das alles einfach nicht anders. Ich habe mich damit abgefunden.«

Die Eisbecher wurden serviert, und Brett gesellte sich wieder zu ihnen an den Tisch und stürzte sich auf seine Portion. Mag machte es Spaß, mit diesem vergnügten Jungen zusammenzusein, und bald schon lachten sie alle drei über seinen Plan, die Laserkanone mit zur Schule nehmen zu wollen. Doch im Unterbewußtsein war Mag immer noch bedrückt über Mrs. Jacobys schwierige Familiensituation. Wie schrecklich mußte es sein, wenn ein Angehöriger im Krankenhaus lag und man ihn nicht einfach besuchen konnte, wenn man wollte. Sie fragte sich, ob Donovan vielleicht einen Teil seines Geldes von der Stiftung für seine Mutter ausgeben wollte, damit sie problemlos ins Krankenhaus kommen konnte. Sie beschloß, ihn zu fragen, sobald es ihm wieder etwas besser ging.

Als Mag am Montag morgen zur Arbeit kam, ging sie schnurstracks ins Schwesternzimmer, um sich genauestens über Donovans Zustand zu informieren. »Die Werte seiner Blutuntersuchung sind noch nicht aus dem Labor gekommen«, sagte Mrs. Vasquez. »Aber er scheint heute morgen etwas zusammenhängender zu sprechen.«

»Meinem Bruder ist es immer genauso gegangen, wenn seine Blutwerte aus dem Gleichgewicht geraten waren. Wenn sich Donovans Werte erst einmal eingependelt haben, wird er auch wieder klarer bei Bewußtsein sein«, erklärte Alana der besorgten Mag.

Mag versuchte sich selbst Mut zuzusprechen, aber sie brachte es einfach nicht über sich, Donovan aufzusuchen, solange er nicht seine gewohnte Stabilität wiedergefunden hatte. Und irgend etwas sagte ihr, daß er in diesem Zustand ihre Gesellschaft auch nicht schätzen würde. Er würde nicht wollen, daß sie ihn so sähe. Um die Mittagszeit kämpfte sie jedoch ihre Vorbehalte nieder und ging zu ihm. Er lag auf der Seite und starrte ins Leere.

»Hallo«, sagte sie vorsichtig. Sein Blick suchte langsam ihr Gesicht. Er versuchte sich aufzusetzen, aber sie legte die Hand auf seine Schulter, damit er liegenblieb. »Ich kann nur eine Minute bleiben.«

Er nickte und hob sachte seinen Arm ein wenig an. Der Schlauch einer intravenösen Infusion führte zu einem Gestell neben seinem Bett, an dem durchsichtige Beutel mit Infusionslösung hingen. »Wie du siehst, sind mein bester Freund und ich wieder vereint.« Donovans Stimme klang heiser.

»Dazu sind Freunde schließlich da.«

»Diesen hasse ich aber«, flüsterte er. »Er paßt nicht zu meinem Styling.«

»Ich bin sicher, in einigen Tagen wirst du ihn nicht mehr brauchen.« Sie erzählte ihm, wie sie mit seiner Mutter und Brett beim Eisessen gewesen war und die beiden anschließend nach Hause gebracht hatte.

»Und was hältst du von unserer noblen Behausung?«

Sie konnte ihm einfach nicht sagen, daß die Wohnung ihr eng und bedrückend erschienen war. »Ich fand's interessant. Deine Mutter hat die Wohnung sehr hübsch eingerichtet.« Sein Blick wich nicht eine Sekunde von ihrem Gesicht, und bald schon fühlte sie, wie ihre Wangen brannten. »Du solltest Brett vielleicht später mal anrufen. Er hat gedacht, du wärst böse auf ihn, weil du gestern so wirres Zeug geredet hast. Er kann noch nicht ganz begreifen, was wirklich los ist mit dir.«

»Ich auch nicht«, erwiderte Donovan niedergeschlagen.

»Brett hat erzählt, daß du immer wieder nach Lauren gefragt hast. Fehlt sie dir?« Mag wußte selbst nicht genau, warum sie das fragte. Es ging sie zwar nichts an, doch sie wollte es wissen, *mußte* es einfach wissen.

»Nein, mir fehlt nur das, was sie symbolisiert: die

Freiheit außerhalb dieses Zimmers. Das Leben, das ich geführt habe, bevor ich krank wurde.«

»Nach der Transplantation wirst du wieder dein früheres Leben aufnehmen können.«

»Wie kann ein Mensch weiterleben, als wäre nichts geschehen, wenn er all dies hier durchgemacht hat? Wie kann ich mich jemals wieder normal fühlen?«

Sie hätte ihm gern erzählt, daß sie genau verstand, was er sagen wollte. Sie wollte ihm gestehen, was sie im vergangenen Jahr durchgemacht hatte. Doch statt dessen fragte sie: »Was heißt überhaupt normal, und wer entscheidet, was normal ist?«

»Du mußt mir einen Gefallen tun«, bat er nach kurzem Schweigen.

»Sag, welchen.«

»Du mußt für mich herausfinden, ob das Geld von der Stiftung wirklich mir gehört und ob ich es verwenden darf, wofür ich will. Als es mir gestern plötzlich so schlecht ging, bekam ich Angst, ich würde sterben können und das Geld nie mehr ausgeben. Das wäre nicht richtig. Meine Familie braucht dieses Geld!«

»Ich werde sehen, was ich in Erfahrung bringen kann«, versicherte ihm Mag, obwohl sie in diesem Augenblick keine Ahnung hatte, wie und wo sie mit ihren Nachforschungen beginnen sollte.

»Du mußt dir einen Weg ausdenken, wie du an die Informationen kommst, ohne daß jemand erfährt, daß ich das Geld erhalten habe.«

»Ich werde schon aufpassen.« Sie hoffte mit jeder

Faser ihres Herzens, daß das Geld wirklich ihm gehörte. Donovan hatte es verdient. JWC mußte ebenfalls dieser Ansicht sein; warum sonst hätte er gerade ihn ausgewählt?

Mag ging zurück an ihre Arbeit und war fest entschlossen, herauszufinden, was immer sie in Erfahrung bringen konnte. Nachdem ihre Schicht zu Ende war, trödelte sie noch eine Weile im Krankenhaus herum, bis sie sicher war, daß sich ihr Vater allein in seinem Büro aufhielt. Mag beeilte sich, ihn abzufangen, bevor irgendein Notfall ihn ihr entziehen konnte.

»Bist du sehr beschäftigt?« fragte sie, als sie sein Büro betrat und die Tür hinter sich schloß.

»Im Augenblick nicht. Komm nur herein.«

Er lächelte über das ganze Gesicht und war offensichtlich bester Laune, und sie gedachte nicht, sie ihm zu verderben. »Du siehst vergnügt aus«, sagte sie.

»Meiner Patientin mit der Herztransplantation geht es derart blendend, daß ich sie schon Ende der Woche entlassen kann. Ich liebe es, wenn die Dinge so komplikationslos ablaufen.«

»Das ist ja super!« Mag spürte, wie ihr Herz gegen die Rippen hämmerte, und sie zerbrach sich den Kopf, wie sie Donovans Angelegenheit am besten zur Sprache bringen konnte. »Ich wollte dich schon die ganze Zeit etwas fragen.«

»Frag nur.«

Mag atmete tief ein. »Kann jemand, der auf deiner

Warteliste für eine Transplantation steht, wieder von dieser Liste gestrichen werden?«

Kapitel 9

»Von der Liste gestrichen?« fragte Mags Vater verwirrt. »Es geht hier nicht um einen Sportverein, Mag. Wir nehmen Leute ja auch nicht so einfach in unsere Organempfängerliste auf. Wir führen eine Vielzahl von medizinischen und psychologischen Untersuchungen durch, es finden Gespräche mit Psychiatern und Ärzten statt, damit wir feststellen können, ob ein Patient überhaupt mit einer Transplantation zurechtkommen wird. Nicht jeder kommt für einen derartigen Eingriff in Frage, aber wenn jemand einmal angenommen ist, bleibt er auf der Warteliste, bis wir entweder einen entsprechenden Organspender finden oder er im Verlauf der Wartefrist stirbt.«

»Ist es dann auch so, daß jemand, bei dem die finanzielle Erstattung der Transplantationskosten bereits übernommen wurde, nicht mehr belangt werden kann, auch wenn er plötzlich über Nacht reich wird? Was ich wissen will, ist folgendes: Was passiert, wenn jemand eine Transplantation braucht, als Empfänger auf der Warteliste steht, die Kostenübernahme bereits zugesichert ist, und plötzlich gewinnt diese Person im Lotto oder etwas ähnliches? Muß sie dann doch selbst für die Transplantation aufkommen, wenn sie nun auf einmal reich ist?«

»Sobald die finanziellen Mittel für einen Patienten aus dem Sozialfonds erst einmal bereitgestellt sind, fallen für die medizinische Behandlung keine Kosten mehr an – ganz egal, wie reich er plötzlich wird. Aber es gibt noch eine Reihe von finanziellen Belastungen, die nach der Operation auftreten, und für die muß der Patient dann selbst aufkommen«, erläuterte Mags Vater.

»Zum Beispiel?«

»Veränderte Lebensumstände. Die Medikamente zur Unterdrückung einer Abstoßreaktion. Die Kosten dafür können sich unter Umständen auf zehntausend Dollar pro Jahr belaufen.«

»Das ist eine Menge Geld.« Mags Hoffnungen, Donovan würde das Geld von der Stiftung »Mein letzter Wunsch« vollständig behalten können, schwanden schnell dahin.

»Aber diese Medikamente ermöglichen es einem Patienten, noch Jahre zu leben. Wie kannst du so etwas in Geld messen wollen?« Er verschränkte die Finger und starrte sie fragend an. »Woher kommt überhaupt dein plötzliches Interesse an den finanziellen Umständen einer Transplantation?«

Mag dachte einen Moment fieberhaft nach, dann

antwortete sie: »Mir sind ein paar Dinge aufgefallen, die dieses Krankenhaus brauchen könnte.«

»Aha, und welche?«

»Warum gibt es zum Beispiel kein Hotel in der Nähe, in dem sich die Familien der Patienten aufhalten können, während sie auf die Transplantation warten?«

»Ich muß zugeben, daß dies sehr hilfreich wäre, aber der Grund hier in der Umgebung kostet Höchstpreise. Das hier war eine reine Wohngegend, bis das Memorial gebaut wurde, aber im Lauf der Jahre sind immer mehr Leute von hier weg und in die Vororte gezogen. Und seitdem das Transplantationszentrum gegründet wurde, hat sich die Klinik immer weiter vergrößert.«

»Es bedrückt mich, daß Menschen wie Mrs. Jacoby so weit weg wohnen müssen. Ich bin sicher, Donovan wäre froh, wenn er seine Mutter in der Nähe haben könnte. Und für kleinere Kinder muß es noch viel schlimmer sein. Ich sehe doch, wie die Eltern in den Krankenzimmern auf Stühlen schlafen oder sogar auf den Couchen im Aufenthaltsraum. Und ich glaube nicht, daß das sehr bequem ist.«

»Da hast du sicher recht. Ich wünschte auch, wir hätten spezielle Wohnmöglichkeiten für die Angehörigen der Patienten. Eine große Firmengruppe erwog vor ein paar Jahren, so etwas hier aufzubauen, aber dann kam man zu der Entscheidung, daß die Notwendigkeit für eine derartige Anlage bei der Kinder-Krebsklinik in Maryland größer wäre, also hat man dort gebaut. Und ohne einen solchen finanziellen Hintergrund könnte dieses Projekt hier nie geplant werden.«

»Aber das Memorial braucht so etwas immer noch – und gerade jetzt, wo hier Menschen auf Transplantationen warten.«

»Man würde Jahre brauchen, um so ein Projekt auf die Beine zu stellen.«

»Aber warum?«

»Ich kann mich noch gut erinnern, als wir uns damals damit beschäftigt haben. Von der ersten Sekunde an wären Unmengen Geld erforderlich. Ein Architekt würde benötigt, der die Pläne zeichnet: Baumaterialien müßten gekauft oder durch Spenden erworben werden; Möbel müßte man bezahlen, und außerdem Küchen und Bäder; Aufenthaltsmöglichkeiten müßten geschaffen werden; Verwaltungs-und Betreuungspersonal müßte engagiert und entlohnt werden – ich kann dir nur sagen, Mag: Das ist ein Mammutunternehmen.«

»Aber mir scheint trotzdem, ihr bräuchtet so etwas heute dringender als je zuvor.« Sie versuchte sich von seiner Aufzählung nicht entmutigen zu lassen.

»Da stimme ich dir voll und ganz zu, aber selbst wenn wir den Grund und die finanziellen Mittel hätten, würden allein die reinen Bauarbeiten für eine solche Anlage mehr als ein Jahr dauern.«

»Irgendwann muß man einfach anfangen.« Mag war nicht sicher, warum sie sich so sehr für die Idee einsetzte. Sie hatte noch nie die geringste Lust auf Kreuzzüge verspürt. Vielleicht lag es an Donovans Mutter und wie diese darum kämpfte, ihre kleine Familie zusammenzuhalten. Oder daß Mag oft Kinder in der Klinik trösten mußte, wenn sie schluchzten, weil sie ihre Mütter vermißten. Oder weil sie wußte, was Cindys Familie hatte durchmachen müssen. All dies brachte sie dazu, sich solch ein Wohnhaus lebhaft vorstellen zu können. »Ich kann nicht glauben, daß die Klinik nicht ein wenig Grund und Boden abzweigen könnte, um ein Zuhause für die Familien der Patienten zu schaffen.«

Ihr Vater beobachtete sie nachdenklich. »Der Grund ist nur *ein* Hindernis. Doch was ist mit dem Rest? Geld wächst schließlich nicht auf Bäumen.«

»Was wäre, wenn irgendeine Firma oder Stiftung sich des Projekts annähme?«

»Das wäre wunderbar. Fällt dir eine ein?«

»Ein paar sogar.«

»Dann leg mal los.«

»Was?« Seine Aufforderung ließ sie zusammenzukken. »*Ich* soll so etwas in die Wege leiten?«

»Du hast doch die Idee zur Sprache gebracht. Und ich weiß, wie entschlossen du vorgehen kannst, wenn du dir erst einmal ein Ziel gesetzt hast.« Sie öffnete den Mund, um etwas einzuwenden, doch er ließ sie nicht zu Wort kommen: »Warst du nicht das Mädchen, das in der achten Klasse einen Sitzstreik in der Cafeteria organisiert hatte, um gegen die Qualität des Essens zu protestieren?«

Natürlich konnte sie sich an diesen Vorfall erinnern, aber sie hatte Cindy als Gefährtin an ihrer Seite gehabt, und sie beide waren die Initiatorinnen und Anführerinnen des Streiks gewesen.

»Und habt ihr nicht einen Sieg davongetragen?« fügte ihr Vater hinzu.

»Das war etwas anderes. Hier geht es um etwas Ernsthaftes.«

»Ich weiß, daß es etwas Ernsthaftes ist. Ich meine auch nicht, daß du das Geld selbst sammeln sollst, sondern daß du eine Organisation finden müßtest, die ein solches Projekt fördert. Ich traue dir das zu und glaube, daß du es schaffen wirst.«

Mag wollte noch weiter über die Idee diskutieren. Sie wollte ihrem Vater klarmachen, daß sie lediglich zugestimmt hatte, diesen Sommer als Aushilfe im Krankenhaus zu arbeiten. Aber obgleich sie im stillen immer noch ihre Gründe verfocht, warum sie ein solches Projekt nicht übernehmen konnte, wußte sie doch, daß sie Blut geleckt hatte. Und das alles nur wegen einer ominösen Person mit den Initialen JWC! Wenn diese Person so einfach hunderttausend Dollar in Donovans Schoß fallen lassen konnte, warum sollte Mag dann nicht in der Lage sein, etwas Ähnliches oder sogar noch Wertvolleres für Donovan zu tun?

Den ganzen Heimweg über brütete Mag über das Für und Wider eines solchen Unternehmens. Eine Stimme in ihr warnte: »Du bist sechzehn Jahre alt!

Du kannst das nicht schaffen.« Aber eine andere Stimme in ihr ermutigte sie: »Warum nicht? Alles, was du tun mußt, ist, mit deiner Mutter zu reden und sie zu fragen, wie diese Juniorliga-Projekte eigentlich organisatorisch ablaufen. Vielleicht könnte die Liga sogar die Schirmherrschaft übernehmen, wie Vater es vorgeschlagen hat. Das Schlimmste, was passieren kann, ist, daß die Idee sich zerschlägt.«

An diesem Abend diskutierte sie die Angelegenheit mit ihrer Mutter. »Wir haben eine Menge förderungswürdiger Projekte vorliegen«, sagte die Mutter, nachdem sie Mag aufmerksam zugehört hatte.

»Und du glaubst nicht, daß dieses ebenfalls förderungswürdig ist?«

»Doch, das tue ich. Aber ich bin schließlich nur eines der Vorstandsmitglieder. Es gibt noch andere, die man überzeugen muß.«

»Kannst du sie nicht überzeugen?«

Die Mutter legte eine Hand auf Mags Schulter. »Ich könnte das sicher nie so gut wie du. Vielleicht möchtest du ja auf unserem nächsten Vorstandstreffen einen kleinen Vortrag halten?«

Mag stöhnte. Worauf hatte sie sich da nur eingelassen?!

Eine Woche später stand Mag im familieneigenen Wohnzimmer vor den Vorstandsmitgliedern der Juniorliga, und ihr Herz schlug wild, als sie ihren Fall vortrug.

»Ich habe einen Freund im Memorial, der todkrank ist. Er wartet auf eine Transplantation, und er braucht seine Familie in dieser schwierigen Zeit in seiner Nähe. Sie können ihm wahrscheinlich nicht helfen, schneller ein Spenderorgan zu bekommen, aber Sie könnten seinen Angehörigen helfen, die eine Stunde Fahrzeit auf sich nehmen, um bei ihm zu sein.«

Mag hatte sich gut auf diese Präsentation vorbereitet. Sie hatte Statistiken und logische Argumente zusammengetragen. Und sie hatte ein bewegendes Fallbeispiel ausgewählt, um zu einem schnellen Spendenaufkommen anzuregen. Sie appellierte an die Gefühle der Frauen in diesem Zimmer, sprach von Mutterliebe, vom Bedürfnis einer Familie, bei einem geliebten Angehörigen zu sein und ihn zu pflegen, wenn er todkrank war. Sie sprach von der Sehnsucht des Paienten, einen lieben Menschen in seiner Nähe zu haben, der ihm die emotionalen und körperlichen Leiden erleichtern konnte.

Als Mag ihre Ausführungen beendete, erkannte sie am Gesichtsausdruck der Frauen, daß sie Eindruck gemacht hatte. Sie hoffte insgeheim, der Eindruck wäre stark genug, daß die Vorstandsmitglieder das Projekt unverzüglich akzeptierten.

»Wir danken dir, Mag«, sagte Mrs. Hotchkiss, die Vorsitzende. »Wir werden deinen Vorschlag diskutieren und dann wieder auf dich zukommen.«

Mag war enttäuscht. Sie hatte gehofft, man würde das Projekt auf der Stelle in Angriff nehmen. Am nächsten Tag beim Mittagessen vertraute sie sich Alana an, die zu einer echten Freundin geworden war.

»Ich finde die Idee atemberaubend gut«, versicherte Alana begeistert. »Und mein Bruder wird derselben Ansicht sein. Ich wette, wenn wir die Meinung aller Patienten, die hier jemals eine Transplantation erhalten haben, sammeln, könnten wir einen wundervollen Bittbrief an mögliche Spender entwerfen.«

»Da hast du absolut recht«, stimmte Mag zu, die sich sofort für diesen Vorschlag erwärmte. »Und vielleicht könnten wir auch ein paar Journalisten in der Stadt gewinnen, die dann Reportagen über frühere Patienten schreiben würden. Würde sich Lonnie wohl für so ein Interview zur Verfügung stellen?«

»Natürlich würde er. Vor allem, wenn ihn seine Schwester darum bittet.« Alana kicherte. »Lonnie arbeitet bei einem großen Unternehmen in Washington. Vielleicht lassen die ja auch ein paar Scheinchen springen.«

»Warum nicht?« Mag lachte vergnügt. Das Projekt »Ein Zuhause weit weg von zu Hause« für die Familien von Kranken war zwar nicht zum Lachen, aber irgendwie ließ Lachen die Aufgabe weniger unüberwindbar erscheinen. Und mit Alana über derart grandiose Pläne zu lachen war ein reines Vergnügen.

Vergnügen. War es das nicht, was seit über einem Jahr in ihrem Leben fehlte? Was für eine seltsame Art und Weise, wieder Vergnügen zu empfinden, fand

Mag. Verursacht durch das Leben von Menschen, die sie vor sechs Wochen noch nicht einmal gekannt hatte.

Kapitel 10

Am Ende der Woche hatte Mag zwar noch keine Nachricht hinsichtlich des Projekts, doch es gab gute Neuigkeiten von Donovan. Seine Blutwerte hatten sich stabilisiert, er benötigte keine Infusionen mehr, und er war in guter Stimmung. »Ich habe hier einen Urlaubsschein von deinem Vater über sechs Stunden«, verkündete er. »Wohin fahren wir also?«

»Wo möchtest du denn hin?«

»Außer nach Alaska möchte ich am liebsten nach Hause.« Er druckste ein wenig herum und sagte dann: »Mama möchte uns beide gern zum Essen dahaben. Würdest du mitkommen?«

»Ja, gern«, antwortete Mag, die wußte, daß sie seine einzige Transportmöglichkeit war und daß er sonst ein Vermögen für ein Taxi ausgeben mußte, um zur Wohnung seiner Mutter zu gelangen. »Ich wette, deine Mutter ist eine phantastische Köchin.«

»Sogar die *zum Tode Verurteilten* haben das Recht auf ein letztes Abendessen.«

»Mach keine Witze darüber.«

Donovan nahm ihre Hand. »Tut mir leid. Daß ich so lange eingesperrt war, hat meinen Sinn für Humor etwas verdorben. Versprich mir etwas.«

»Und was?«

»Bevor wir zu meiner Mutter rausfahren, möchte ich, daß wir zwei uns ein bißchen allein amüsieren.«

Sie mußte lächeln. »Versprochen.«

Donovan verließ die Klinik am Samstag abend, und Mag startete ihren gemeinsamen Ausflug mit einer Spazierfahrt entlang der Pennsylvania Avenue, die zum Weißen Haus führte. »Meinst du, wir sollten haltmachen und den Präsidenten begrüßen?« fragte Donovan. »Ich finde, er müßte mehr Gelder für Transplantationen zur Verfügung stellen. Es reicht nämlich nicht für all die Menschen, die eine nötig haben.«

»Er ist gar nicht in der Stadt; hier ist es ihm um diese Jahreszeit zu heiß.«

»Na, großartig. Warum regiert die Regierung nicht, wenn ich sie brauche?«

»Hast du das Washington-Monument schon mal gesehen? Und wie ist es mit dem Lincoln Memorial?« Sie versuchte, sich der Sehenswürdigkeiten zu entsinnen, die ohne lange Fußmärsche zu erreichen waren, da Donovan immer noch geschwächt war.

»Die habe ich noch nie gesehen«, gab er zu. »Das einzige, was ich wirklich gut kenne, ist das Innere des Memorial-Krankenhauses.«

Zuerst fuhr Mag ihn also zum Washington-Monument. Der riesige Obelisk schien bis in den strahlendblauen Himmel zu reichen. Eine Menge Leute hatten Decken im Gras ausgebreitet, und Kinder rannten herum, die schrien und Drachen steigen ließen. Mag fand die Luft feucht und stickig, doch Donovan beharrte darauf, daß die Wärme ihm guttat. »Ich war so lang im Krankenhaus eingesperrt, daß ich mich in der Schwüle so wohl wie ein Champignon fühle«, erklärte er ihr.

Sie gingen zum Lincoln Memorial hinüber, am rechteckigen Brunnen vorbei, und setzten sich dann ans kühle Wasser, wo Mag beobachtete, wie Wolkenformationen sich in der Oberfläche spiegelten. Sie hoffte nur, daß sich Donovan nicht zu sehr überanstrengte.

»Kannst du dir vorstellen, wie satt ich es habe, krank zu sein?« fragte er mit einem Seufzen. »Manchmal glaube ich, sie finden nie mehr einen passenden Organspender für mich.«

»Aber sicher werden sie das.« Mag versuchte, zuversichtlich zu klingen. »Jetzt hast du es doch schon so weit geschafft.«

»Weit?« Er lachte sarkastisch auf. »Weit wovon? Weit von zu Hause? Von meinen Freunden? Denk doch bloß daran, was meine Mutter schon alles für mich geopfert hat. Was hat sie nicht alles aufgeben müssen, nur weil ich krank bin.«

»Denk nicht darüber nach. Denk lieber an all das, was auf dich wartet, wenn erst einmal die Transplantation vorüber ist.«

»Und das wäre?«

»Zum Beispiel wofür du das Geld von der Stiftung ausgeben wirst. Du könntest deiner Mutter ein Auto kaufen.« Mag hatte ihm bereits von der Unterhaltung mit ihrem Vater erzählt und ihm versichert, daß seine medizinische Behandlung ungeachtet des persönlichen finanziellen Hintergrunds vollständig übernommen werden würde. Der Scheck von »Mein letzter Wunsch« gehörte ihm, und er durfte das Geld behalten und ausgeben, wofür er wollte.

»Nein... Ich möchte ihr etwas wirklich Großartiges schenken. Sie könnte eine neues Haus gut gebrauchen.« Als diese Worte ausgesprochen waren, setzte Donovan sich noch etwas aufrechter hin. Er wandte sich zur Seite und schaute Mag mit einem Ausdruck höchster Erleichterung in die Augen. »Das ist es. Das werde ich tun. Ich habe ihr nur noch nichts davon gesagt.«

»Ein Haus ist wirklich eine tolle Sache, das stimmt. Aber meinst du nicht, deine Mutter würde sich dieses Haus vielleicht gern selbst aussuchen?«

»Aber dann wäre es keine Überraschung mehr. Das macht das Ganze doch erst so reizvoll. Sie wäre völlig von den Socken – wie ich, als ich den Scheck von der Stiftung bekam und erkannte, daß das Ganze kein Traum war. Ich kann dir gar nicht schildern, was das für ein Gefühl war, den Brief zu öffnen und diesen Scheck zu entdecken. Und zu wissen, daß er mir gehört, mir ganz allein, und daß ich damit tun kann, was immer ich will. Und was ich *wirklich* will, ist ein Haus für meine Mutter.«

»Häuser kosten aber einen Haufen Geld.«

»Ich habe ja auch jede Menge davon.«

»Aber es könnte sein, daß es trotzdem nicht reicht.«

»Das werde ich herausfinden, wenn ich zu suchen anfange.« Donovan packte sie bei den Schultern. »Und du kannst mir helfen.«

Mag blinzelte überrascht. »Wie denn? Ich verstehe nichts vom Häuserkaufen.«

»Das kann doch nicht so schwierig sein! Als wir unser Haus in Virgina verkauften, engagierte Mama einen Immobilienmakler, und der hat eine Menge Besichtigungstermine mit Leuten vereinbart. Einer hat es dann schließlich genommen. Das scheint mir ganz simpel zu sein.«

»Hm. Wie sieht meine Rolle also dabei aus?« erwiderte Mag.

»Du suchst für mich einen Immobilienmakler. Du wirst ihm erklären, wieviel Geld ich ausgeben will. Und daß das Haus unbedingt in der Nähe des Krankenhauses liegen muß. Es sollte in einem hübschen Viertel liegen, natürlich mit einer guten Schule für Brett.«

Mag fiel auf, daß er keine Schule für sich selbst erwähnt hatte. »Himmel, ich weiß wirklich nicht...«

»Bitte, Mag! Ich brauche dich. Du mußt mir Arme und Beine ersetzen, während ich in diesem Krankenhaus liege.«

Sie starrte ihm in die Augen und erkannte seine

Verzweiflung. *Er brauchte sie.* Sein Hilferuf schnitt ihr tief ins Herz, denn auch sie brauchte ihn. Sie brauchte seine Gegenwart in ihrem Leben, obgleich sie weder sich selbst noch ihm hätte erklären können, warum. »Na gut, ich glaube, ich könnte mich ein bißchen für dich umhören.«

»Ich wußte, daß ich mich auf dich verlassen kann.«

Doch sie mußte ihn unbedingt warnen, seine Hoffnungen nicht zu hoch zu schrauben. »Ich bin nicht mal sicher, daß ein Immobilienmakler sich überhaupt mit mir abgeben wird. Ich meine, ich sehe nicht alt genug aus, um das Geld zu haben, das man für ein Haus braucht. Jeder Makler wird denken, ich wäre eine Schwindlerin.«

»Sag ihm einfach, du wärst ein Rockstar.« Er grinste. »Jeder weiß doch, daß Rockstars jung, reich und verdorben sind.«

»Ich – ein Rockstar! Wer sollte mir das wohl glauben?!«

»Du wirst dir schon was ausdenken. Ich habe völliges Vertrauen zu dir.«

Mag fühlte sich gar nicht wohl bei der Sache, aber sie wußte, sie würde versuchen, für ihn ihr Bestes zu geben. »Und jetzt hör mal zu, Mr. Geldsack. Sollte ich es irgendwie schaffen, einen Makler zu finden und ihn zu überreden, sich der Sache anzunehmen, und sollte er wirklich ein paar Häuser zu Auswahl haben, die du besichtigen kannst, dann wirst du die Sache aber selbst in die Hand nehmen, verstanden?«

»Worauf willst du hinaus?«

»Du mußt gesund werden!«

Er hob sanft ihr Kinn. »Ich tue mein Bestes. Bei meinem Glück werde ich das perfekte Haus finden, und sobald ich den Vertrag unterschrieben habe, wird mein Signalpiepser sich melden, und dein Vater wird mir verkünden, daß alles für meine Transplantation bereit steht.«

Mag sah ihm tief in die Augen. »Ich wünsche dir alles Glück der Welt«, sagte sie leise.

Das Abendessen, das Donovans Mutter für sie beide vorbereitet hatte, war einfach, aber lecker. »Es schmeckt wirklich toll, Mama«, lobte er sie.

Mag war ganz seiner Meinung. Sie sah sich in der Wohnung um und ließ ihren Blick über Mrs. Jacobys wenige Habseligkeiten und die abgenützten Möbel wandern. Durch die dünnen Wände konnte Mag schrilles Babygeschrei und das Brüllen eines Fernsehers aus der Nachbarwohnung hören.

Brett hüpfte vergnügt auf seinem Stuhl herum. »Ihr könnt über Nacht hierbleiben«, sagte er. Sein fröhliches Lachen erstarb jedoch, als Donovan ihm erklärte, daß er ins Krankenhaus zurückmüsse. »Aber das ist nicht fair! Warum kannst du nicht bleiben?«

»Weil ich immer noch krank bin. Ich gehe wirklich nicht gern zurück, aber ich muß einfach.«

»Du warst schon so lange weg. Ich möchte, daß du wieder nach Hause kommst.«

»Das geht nicht, Brett.«

Brett stieß sich vom Tisch ab. »Du könntest schon, wenn du nur wolltest. Mama und ich, wir würden uns um dich kümmern.«

»Ich muß wirklich gehen.«

»Ich hasse dich!« brüllte Brett, und seine Augen füllten sich mit Tränen. »Ich will gar nicht mehr, daß du heimkommst. Bleib doch für immer in deinem blöden Krankenhaus.«

»Brett...« rief Mrs. Jacoby, als er lautstark den Gang entlang in sein Zimmer jagte. »Ich werde ihn holen.«

Donovan stand auf. »Nein, laß mich mit ihm reden. Schließlich ist er wütend auf mich.«

»Er meint es nicht so, das weißt du.«

»Ja, ich weiß.« Donovan verließ den Raum.

Mag wußte genau, wie Brett sich fühlte. War nicht auch sie wütend, ja geradezu rasend zornig auf Cindy gewesen? In ihrer Pein hatte sie nur noch um sich geschlagen und jeden verletzen wollen. »Er wird darüber hinwegkommen«, sagte Mag in die unbehagliche Stille hinein, die im Raum hing. »Es tut ihm sicher schon leid, daß er so gemein zu Donovan gewesen ist, und jetzt möchte er ihn so schnell wie möglich bei sich haben, um sich zu vergewissern, daß seine Wut Donovan nicht weh getan hat.«

Mrs. Jacoby warf Mag einen prüfenden Blick zu. »Da hast du sicher recht. Das ist früher schon so gewesen. Er weint und macht sich Sorgen, daß sein Bruder womöglich noch kränker werden könnte. Woher weißt du das alles so genau?«

Mag schlug die Augen nieder. »Ich bin schließlich die Tochter eines Arztes, nicht wahr? Ich könnte Brett später noch mal anrufen, wenn ich Donovan zurück ins Krankenhaus gebracht habe, und ihn wissen lassen, daß alles in Ordnung ist.«

»Das würdest du tun?«

»Na klar. Brett fühlt sich ausgeschlossen, und das macht ihn ganz elend, weil er weiß, daß Donovan ernsthaft krank ist und er ihm nicht helfen kann.«

»Du bist ein kluges und warmherziges Mädchen, Mag. Ich weiß es sehr zu schätzen, was du für uns tust. Vor allem für meine beiden Söhne.«

Mag zuckte die Schultern. Sie mochte Mrs. Jacoby und Brett. Und sie mochte auch Donovan. Mochte ihn mehr, als vielleicht gut für sie war – in Anbetracht der Umstände. *Er wird es schaffen,* redete sie sich selbst gut zu. Man würde eine Spenderleber für ihn finden, er würde seine Transplantation überstehen, sich erholen und weiterleben. Er mußte ganz einfach.

Mag fuhr Donovan später am Abend zurück in die Klinik. »Und vergiß nicht, daß du mir helfen willst, für meine Mutter ein Haus zu finden«, sagte er noch, als er ins Bett kroch.

Er wirkte auf Mag fürchterlich erschöpft. »Nein, ich vergesse es nicht«, versprach sie. Sie machte sich auf den Heimweg und ging schließlich ins Bett, doch sie konnte nicht einschlafen. Sie warf sich immer noch von einer Seite auf die andere, als sie um zwei Uhr morgens plötzlich das Telefon läuten hörte. Ihr fiel ein, daß es sicher ein Anruf für ihren Vater war, und spürte eine vage Betroffenheit, die sie sich aber nicht erklären konnte. Als sie seine Schritte auf dem Korridor hörte, sprang sie aus dem Bett und fing ihn an der Treppe ab.

»Tut mir leid, wenn dich das Telefon aufgeweckt hat«, sagte er und war erstaunt über ihre Anwesenheit. »Geh wieder zu Bett.«

Irgend etwas an der Art, wie er seine Augen zusammenkniff, ließ sie fragen: »Stimmt was nicht? Ist jemandem etwas passiert, den ich kenne? Ist etwas mit Donovan?«

Ihr Vater sah ihr in die Augen, zögerte noch und sagte schließlich: »Das war ein Anruf aus dem Krankenhaus in Bethesda, Maryland. Ich mache mich gleich auf den Weg dorthin, denn sie haben ein Unfallopfer, das kurz vor dem Hirntod steht. Seine Blutgruppe ist identisch mit der von Donovan.«

Kapitel 11

»Willst du damit sagen, daß ihr einen Spender für Donovan gefunden habt?« Mags Herz raste vor Freude.

»Bitte zieh noch keine voreiligen Schlüsse! Alles, was ich zum jetzigen Zeitpunkt weiß, ist, daß das Opfer verschiedene Auswahlkriterien erfüllt, die es möglicherweise zum geeigneten Spender machen. Ich werde sofort nach Bethesda fahren, um für alle Fälle zum Organtransport verfügbar zu sein.«

»Ich möchte mit dir kommen«, sprudelte Mag hervor.

»Mag, das ist leider nicht möglich. Man hat bis jetzt noch nicht einmal mit der Familie über eine mögliche Organspende gesprochen, und du könntest dort nichts tun, außer im Aufenthaltsraum herumzusitzen.«

Sie packte seinen Arm. »Bitte, Papa, laß mich mitfahren! Ich habe dich noch nie wirklich um etwas gebeten. Sag jetzt nicht nein! Es ist so wichtig für mich!«

Der Vater schaute ihr nachdenklich in die Augen, als wöge er seine Verantwortung als Mediziner gegen seine väterlichen Pflichten ab. »Ich muß aber jeden Moment losfahren.«

»Fünf Minuten!« bat sie. »Ich bin in fünf Minuten reisefertig.« Ihr Herz hämmerte in der Brust, während sie auf seine Antwort wartete.

»Na gut«, sagte er und ließ die Autoschlüssel in seiner Tasche klimpern. »Ich schreibe schnell eine Nachricht für deine Mutter. Wir treffen uns dann gleich in der Garage.«

Mag wirbelte herum, sauste in ihr Zimmer, warf sich in Hose und T-Shirt, packte ihre Handtasche und rannte die Treppen hinunter. Schweigend fuhren sie den Beltway entlang bis zur Ausfahrt nach Maryland. Da griff Mags Vater nach seinem Autotelefon und wählte die Nummer des Memorial. »Bitte bereiten Sie Donovan Jacoby zur Operation vor«, wies er einen seiner Assistenzärzte aus dem Transplantations-Team an. »Veranlassen Sie alle nötigen Untersuchungen und Messungen. Ich werde Sie so bald wie möglich Näheres wissen lassen.«

»Wird Donovan erfahren, daß er vielleicht noch heute nacht seine Transplantation bekommt?« fragte Mag, als ihr Vater das Telefongespräch beendet hatte.

»Man wird es ihm mitteilen. Wir müssen schließlich die Blutwerte bestimmen, ein EKG anfertigen und ihn röntgen. Dann setzen wir ihn unverzüglich auf Antibiotika und verabreichen ihm Medikamente, die eine Abstoßungsreaktion verhindern.«

»Und was ist, wenn er die neue Leber gar nicht bekommt?«

»Wir müssen ihn für den Ernstfall vorbereiten. Das Risiko, daß er eine postoperative Infektion bekommt, muß so weit wie möglich ausgeschaltet werden, und sein Körper muß darauf eingestellt sein, ein neues

Organ anzunehmen. Was den psychologischen Aspekt anbelangt – tja, die Enttäuschung, dann doch kein Spenderorgan zu bekommen, ist etwas, womit alle potentiellen Empfänger einer Transplantation umgehen lernen müssen.«

Mag beobachtete, wie die Straßenlaternen am Auto vorbeisausten, während ihr Vater weiter in hoher Geschwindigkeit Richtung Bethesda fuhr. Die Ereignisse schienen in ähnlichem Tempo über sie hereinzubrechen. Sie versuchte, sich Donovans Gesicht vorzustellen, wenn man ihm mitteilte, daß er womöglich noch heute nacht eine neue Leber bekam. Sie wußte, wie sehr er sich danach sehnte, diese Warterei möge ein Ende haben. »Ich hoffe, er bekommt diese Organspende.«

»Das hoffe ich auch.«

Im Bethesda-Krankenhaus eilte Mag hinter ihrem Vater die Treppen hinauf und folgte ihm durch ein wahres Labyrinth von langen Gängen. Er hielt schließlich vor einer breiten Tür an, die die Aufschrift trug »Zutritt nur für Krankenhauspersonal«. Er sah sich kurz um. »Es muß irgendwo hier in der Nähe einen Aufenthaltsraum geben. Setz dich dort hinein und warte auf mich, während ich mich kurz mit den Unfallärzten bespreche. Der Patient wird künstlich am Leben erhalten, und ich möchte sicherstellen, daß er ausreichend mit Sauerstoff versorgt wird.«

Mag fand den Weg zu einem winzigen Wartezimmerchen, wo sechs Personen eng beieinander saßen.

Deren Trauer und Schmerz trafen sie wie ein Keulenschlag, sobald sie den Raum betrat. Sie wollte schon rückwärts wieder das Zimmer verlassen, als sie feststellte, daß man gar keine Notiz von ihrem Eintreten genommen hatte. Also ließ sie sich in einen der Stühle fallen. Ihre Handflächen waren feucht und ihr Mund völlig ausgetrocknet. Sie kramte in ihrer Handtasche nach einem Pfefferminzbonbon.

»Er darf nicht von uns gehen«, schluchzte eine Frau.

»Die Ärzte tun, was sie können, Peggy. Wir können nur abwarten«, tröstete sie der Mann, der neben ihr saß.

Mag hielt den Atem an. Das mußte die Familie des möglichen Spenders sein. Sie wagte kaum mehr Luft zu holen und versuchte sich so klein und unsichtbar zu machen wie nur möglich. Hätte sie sich doch nur einen anderen Warteraum gesucht!

»Noch ist er am Leben«, sagte eine andere Frau. »Die Polizei hat bestätigt, daß er noch gelebt hat, als der Krankenwagen den Unfallort verließ.«

Was Mag empfand, war der pure Horror. Der Mensch, über den man hier sprach, lebte nicht mehr. Sie hatte schließlich gehört, wie ihr Vater den Ausdruck »gehirntot« am Telefon benutzt hatte. Sie fühlte sich schuldig, weil sie den Menschen hier im Raum Informationen vorenthielt, aber instinktiv wußte sie, daß es für sie hier nichts zu sagen oder tun gab.

»Erinnerst du dich, als Blake noch ein kleiner Junge war?« fragte die Frau. »Weißt du noch, wie er immer mit seinem Dreirad stundenlang die Auffahrt rauf und runter gesaust ist? Und jetzt kürzlich, als er seinen Führerschein bekam. Er war so stolz und glücklich, so voller Leben!«

»Tu dir das jetzt nicht an, Mama«, sagte eine jüngere Frau.

»Ich erinnere mich einfach! Wie könnte ich mich nicht erinnern? Er ist schließlich mein Junge.« Sie brach in leises Schluchzen aus, und der Mann neben ihr nahm sie in die Arme.

Diese Menschen taten Mag zutiefst leid. Der Tod war solch ein endgültiger Abschied. Er ließ Familien und Freunde allein zurück. Er hinterließ eine Lücke, die nur diese eine Person füllen konnte. Sie verstand das nur zu gut. Langsam, aber sicher wurde ihr übel.

Zwei Männer und eine Frau betraten nun den Warteraum. Mit einem Blick hatte Mag erkannt, daß es sich um Krankenhauspersonal handelte. »Dr. Burnside!« schrie die ältere Frau. »Wie geht es Blake? Wie geht es meinem Sohn?«

Der Doktor nahm ihre Hände in die seinen und zog sie auf die Füße. »Peggy, bitte kommen Sie und Ihre Familie mit mir in das Besprechungszimmer. Meine Kollegen und ich möchten gern mit Ihnen allen etwas bereden.« Er nickte auch dem anderen Mann und der jüngeren Frau zu.

»Sind das Chirurgen? Braucht mein Blake irgendeine besondere Operation? Bitte tun Sie alles für ihn, was nötig ist, Doktor!«

»Bitte kommen Sie mit, damit wir ungestört reden können.« Dr. Burnsides Blick streifte Mag.

Ihre Wangen brannten, und sie starrte bewegungslos ins Leere. Nachdem alle den Raum verlassen hatten, holte Mag tief Luft und erkannte zu ihrem Erstaunen, daß sie die ganze Zeit über nur flach geatmet hatte. Der Raum schien nun viel zu ruhig, und sie wünschte, ihr Vater würde endlich zurückkommen. Vielleicht hätte sie doch lieber zu Hause bleiben sollen. Sie hatte keine Ahnung, wie lange sich die Operation hinziehen würde, im Verlauf derer man dem Jungen – sie konnte sich nicht überwinden, ihn beim Namen zu nennen – das Spenderorgan entnahm. Lange konnte es wohl nicht dauern, hoffte sie. Sie wußte, wie kritisch der Faktor Zeit bei Organübertragungen war. *Halte nur noch ein bißchen aus, Donovan,* beschwor sie ihn in Gedanken. Seine Wartezeit war praktisch vorüber.

Mag verlor jegliches Zeitgefühl, aber als ihr Vater den Gang entlangkam, war sie überrascht. Es war noch nicht genug Zeit vergangen, als daß seine Aufgabe hier beendet sein konnte. Er wirkte seltsam leblos, kein Anflug dieser zielgerichteten Energie war an ihm wahrzunehmen, die ihm vor großen Operationen sonst stets anhaftete. »Bist du schon fertig?« fragte sie zweifelnd.

Er kam ins Zimmer und ließ sich schwerfällig auf den Stuhl neben ihr fallen. Zum ersten Mal fielen ihr die Erschöpfungsfalten um seinen Mund und seine

Augen auf. »Es wird keine Operation geben«, sagte er schließlich.

»Keine Operation? Warum nicht?«

»Die Familie hat uns die Zustimmung verweigert.«

Seine Worte trafen sie wie ein Schlag ins Gesicht. »Aber... aber sie müssen! Wissen sie denn nicht, daß Donovan sonst sterben muß?«

Der Vater nahm ihre Hand. »Liebes, sie kennen Donovan doch gar nicht. Sie wissen nur, daß ihr achtzehnjähriger Sohn tot ist.«

»Hast du nicht versucht, ihre Meinung zu ändern? Hast du ihnen nicht erklärt, wie wichtig diese Transplantation ist?«

»Eine Organspende erfolgt stets freiwillig, Mag. Man kann niemanden dazu zwingen.«

Panik wallte in ihr hoch. »Und was werden sie jetzt mit ihm machen? Ihn einfach so in sein Grab legen? Lassen sie nun seine Organe zu Staub zerfallen, statt sie jemandem zu spenden, damit der länger leben kann?«

»Du darfst es nicht nur von dieser Seite sehen. Du mußt auch die Gefühle dieser Familie verstehen und respektieren.«

»Aber das kann ich nicht!« Mag entzog ihrem Vater die Hand und sprang auf. Sie stand zwar etwas wackelig auf den Beinen, doch sie begann mit großen Schritten im Zimmer umherzugehen. »Das ist einfach nicht fair. Warum stimmen sie nur nicht zu? Warum wollen sie nicht ja sagen?«

»Es gibt mindestens hundert Gründe.« Er schüttelte den Kopf. »Sie haben Angst, ihr Sohn könnte entstellt werden – was nicht stimmt. Sie glauben, es sei unnatürlich, Organe von einem Menschen in einen anderen zu übertragen. Vielleicht haben sie zu viele Frankenstein-Filme gesehen«, fügte er hinzu. »Was immer die Gründe sein mögen, wir haben kein Recht, ihnen die Entscheidung abzusprechen. Wir dürfen niemals jemanden zu einer Organspende zwingen. Es ist schon hart genug, mit trauernden Angehörigen ein derartiges Gespräch zu führen. Ich habe dir das schon einmal zu erklären versucht.«

Sie erinnerte sich, und sie konnte sich gut ihrer eigenen Gefühle zum Thema Transplantation entsinnen. Hatte nicht auch sie die Vorstellung früher abgestoßen? Doch jetzt, wo sie Donovan kannte, hatte sich ihre Einstellung gründlich verändert. »Warum tust du dir solche Gespräche mit Angehörigen dann überhaupt an? Warum muß man bei einem Menschen Hoffnungen wecken, wenn sie doch nur enttäuscht werden?«

»Zuerst einmal bitten wir um die Erlaubnis zu einer Transplantation, weil das so Gesetz ist. Wir *müssen* sogar nachfragen. Zum zweiten gibt es durchaus eine Menge Menschen, die erkennen, daß eine Organspende das größte Geschenk ist, das man einer anderen Person machen kann, und daß dies eine Gelegenheit ist, Gutes zu tun. Und darüber hinaus ist es ein Weg, den geliebten Menschen in einem anderen weiterleben zu lassen.«

»Aber das alles trifft nicht auf diese Familie hier zu«,

sagte Mag. »Diese Leute kümmern sich einen Dreck um andere.«

Mit ein paar schnellen Schritten war der Vater an Mags Seite. Er faßte sie bei den Schultern und drehte sie zu sich herum, um ihr ins Gesicht sehen zu können. »Sag so etwas nie wieder, Mag. Diese Menschen haben gerade ihren Sohn verloren, und sie sind untröstlich.«

Mag begann zu zittern, denn sie verstand das Wort »untröstlich« nur zu genau. Es war wie ein tiefes, schwarzes Loch; ein bodenloser Brunnen voller Tränen und Trauer. Ein Ort, an dem niemals die Sonne schien. Ihre Lippen bebten. »Ich will einfach nicht, daß Donovan stirbt, Papa.«

Der Vater zog sie in seine Arme. »Ich tue alles, was ich kann, Mag. Wir werden einen anderen Spender für ihn finden. Du mußt nur fest daran glauben.«

Sie nickte und blinzelte energisch die Tränen fort, die sich in ihren Augen gesammelt hatten. »Ich war so fest davon überzeugt, daß dies der Spender für Donovan sein würde. Ich dachte, sein Warten hätte ein Ende.«

Besorgt schaute der Vater ihr in die Augen. »Mag, die Medizin ist ein seltsames Geschäft. Es geht immer um Leben oder Tod. Und manchmal müssen wir Mediziner Entscheidungen treffen, die eigentlich nur Gott treffen sollte. Ich kann gut nachfühlen, was du empfindest, weil ich schon oft selbst so empfunden habe. Ich möchte dir noch etwas sagen, und ich will, daß du mir genau zuhörst.«

»Ich höre.«

»Der einzig mögliche Weg, Patienten zu behandeln und dabei nicht verrückt zu werden, besteht darin, Abstand von ihnen zu halten. Man darf sich keinesfalls erlauben, persönlich so einbezogen zu werden, daß man seinen beruflichen Standpunkt aus den Augen verliert. Verstehst du, was ich dir damit sagen will?«

»Ja. Du findest, daß ich überreagiere.«

»Nein, deine Besorgnis ist nur allzu menschlich. Aber du darfst dich nie zu tief in einem Fall oder im Leben eines Patienten verlieren. Das ist die wichtigste Regel in der Beziehung zwischen Arzt und Patient.«

Sie holte tief Luft, denn sie wollte ihm jetzt nicht widersprechen. Doch sie war kein Arzt, und sie wollte auch nie einer werden. Die Medizin war die Welt ihres Vaters, und es tat ihr sehr leid, sich überhaupt in diese Welt verirrt zu haben. »Engagierst du dich nie persönlich, Papa? Wächst dir nie ein Patient ganz besonders ans Herz?«

Er zuckte die Schultern und schaute zur Seite. »Die Trennungslinie ist schmal. Ich beobachte mich stets sehr genau. Meine Patienten sind für mich genau das: Patienten. Und wie sehr ich mich auch bemühe, ich kann nicht alle retten.«

Sie versuchte ihre konfusen Gefühle wieder in den Griff zu bekommen. Sie mußte sich unbedingt von dem Drama, das sie soeben miterlebt hatte, emotional distanzieren. »Es geht mir schon wieder ganz gut«, sagte sie schließlich. »Tut mir leid, daß ich so wütend geworden bin.«

»Das ist verständlich.« Er fuhr mit den Fingern durch ihr Haar. »Und jetzt stehe ich vor der schwierigen Aufgabe, Donovan von dem hier zu berichten.«

»Wirst du es ihm gleich sagen?«

»Zuerst bringe ich dich nach Hause, dann sehe ich nach ihm. Mein Team weiß bereits, daß heute keine Transplantation mehr stattfinden wird. Donovan wird die nächsten paar Tage nicht klar bei Bewußtsein sein, aber früher oder später wird er erfahren, daß wir die Transplantation nicht durchgeführt haben. In einer Sache hast du sicher recht – er wird außerordentlich enttäuscht sein.«

Die wieder aufgeflackerte Sorge um Donovan schnürte ihr fast das Herz ab. Auch sie würde sich mit seiner Enttäuschung auseinandersetzen müssen. Mag seufzte tief und folgte ihrem Vater, der schon auf dem Weg zum Wagen war. Wenn sachliche Distanz eine der Grundregeln ihres Vaters war, dann war sie gründlich in Schwierigkeiten. Sie hatte diese Regeln nämlich bereits gebrochen und konnte sich nicht vorstellen, wie das wieder rückgängig zu machen sein sollte.

Kapitel 12

»Du hängst aber heute durch, Mag. Hast du gestern abend eine heiße Verabredung gehabt?« fragte Alana.

Statt einer Antwort schüttelte Mag den Kopf und nahm einen Schluck aus ihrem Glas, in der Hoffnung, die Cola würde ihre versiegenden Energien wieder zum Leben erwecken. Die Menschenmenge, die sich um die Mittagszeit in der Kantine drängte, erschien ihr heute besonders lautstark. »Ich wünschte, es wäre ein heißes Rendezvous gewesen. Ich fürchte, die letzte Nacht hat mir ganz schön den Boden unter den Füßen weggezogen.« In Kurzform berichtete sie von dem falschen Alarm und der Fahrt nach Bethesda. »Ich bin erst um vier Uhr morgens ins Bett gekommen, und dann konnte ich nicht einschlafen. Ich fühle mich heute wie ein Zombie. Tut mir leid, wenn du heute den größten Teil meiner Arbeit übernehmen mußt.«

»Vergiß es. Tut mir nur leid, daß das mit dem Spender für Donovan nicht geklappt hat. Warst du heute morgen schon bei ihm?«

»Noch nicht. Ehrlich gesagt, reiße ich mich nicht gerade darum, mit ihm zu reden. Ich ahne, wie deprimiert er sein wird, und ich fühle mich so hilflos. Ich weiß gar nicht, was ich ihm sagen soll. Ich meine, wie soll man jemanden trösten, der keine Organverpflanzung bekommen hat?«

Alana hörte ihr mitfühlend zu. »Du weißt, daß ich dich gut verstehen kann, weil ich all das bei meinem Bruder miterlebt habe. Ich wünschte, alle Leute könnten sich in so eine Situation hineinversetzen.«

»Aber in Wahrheit ist es doch so, daß es niemanden wirklich interessiert, bis so etwas einem Menschen zustößt, der einem nahesteht«, erwiderte Mag.

Alana begann, die leeren Teller von Mags Tablett auf ihr eigenes zu stapeln. »Du hast noch ein bißchen Zeit. Warum gehst du nicht gleich zu Donovan?«

»Er ist noch im Wachraum und wird erst morgen wieder in sein Zimmer zurückgebracht. Doch vielleicht fühle ich mich morgen ebenfalls besser. Ich möchte ihn nicht noch mehr deprimieren.«

»Er muß ja nicht erfahren, daß du mit deinem Vater in diesem anderen Krankenhaus warst. Alles, was du tun mußt, ist, seine Hand zu halten und ihm zuzuhören. Fühl dich nicht dafür verantwortlich, ihn aufzuheitern. Manchmal ist es wichtig, daß sich ein Mensch aus eigener Kraft durch seinen Kummer durcharbeitet.«

Mag fand, Alana klang sehr weise. »Sprichst du aus Erfahrung?« fragte sie.

Alana nickte. »Manchmal konnte ich nichts weiter für meinen Bruder tun, als zuzuhören. Er mußte etwas loswerden, und ich war der einzige Mensch in unserer Familie, der ihn das sagen ließ, was er sagen wollte.« Sie lächelte schelmisch. »Und manchmal hatte der Knabe ganz schön schockierende Dinge zu sagen. Ich hatte keine Ahnung, daß er solche Wörter überhaupt kennt.«

Mag war ihrer Freundin zutiefst dankbar. Vielleicht wäre es wirklich das beste, Donovan gar nicht zu erzählen, wie sehr sie sich über diese Familie aufgeregt hatte, die sich weigerte, ein Organ ihres verstorbenen Sohnes zu spenden. »Ich werde mir zu Herzen nehmen, was du mir eben erzählt hast.« Sie strich ihrer Freundin über den Arm. »Und danke für den guten Rat.«

Alana lächelte. »Gern geschehen.«

Zwei Tage später konnte Mag Donovan endlich besuchen. Sogar nach seiner Rückkehr aus dem Wachraum war er noch nicht ganz bei Bewußtsein gewesen. Als Mrs. Jacoby zu Besuch ins Krankenhaus kam, unterhielt sich Mag ein paar Minuten mit ihr. Sie trafen sich in einem der Aufenthaltsräume auf der Kinderstation, wo Brett – natürlich außer Hörweite – mit riesigen Legosteinen ein Raumschiff baute.

»In der Nacht, als ich den Anruf aus der Klinik bekam, wurde ich beinahe wahnsinnig vor Freude«, erzählte Donovans Mutter seufzend. »Ich dachte, er hätte es nun endlich geschafft. Ich schnappte mir Brett und nahm ein Taxi zum Krankenhaus. Wir beide warteten und warteten. Brett schlief schließlich ein – Gott sei Dank –, aber ich konnte an nichts anderes als an Donovans Operation denken.«

»Und dann gab es gar keine Operation«, fügte Mag hinzu. »Sie müssen sich ganz schön betrogen gefühlt haben, als Sie das hörten, oder?«

»Ich war sowohl enttäuscht als auch erleichtert.«

»Das verstehe ich nicht.«

»Enttäuscht war ich aus verständlichen Gründen. Erleichtert war ich, weil mich die Ungewißheit doch sehr belastet. Ich meine, er hat einen schwierigen und langen Genesungsweg vor sich, wenn die Operation erst einmal stattgefunden hat. Und es gibt dann auch kein Zurück mehr. Wenn sein Körper die neue Leber abstößt oder irgend etwas schiefgeht, wird Donovan hundertprozentig sterben. Ich weiß, ich sollte mir keine unnötigen Sorgen machen, aber diese Ängste sind in meinem Bewußtsein ständig präsent.«

Mag unterdrückte die Angst, die in ihr hochkroch. »Wahrscheinlich haben Sie recht. Obwohl er krank ist, und obwohl seine eigene Leber nicht mehr funktioniert, so ist er doch zumindest am Leben.«

Mrs. Jacoby streichelte Mags Hand. »Ich sollte dir nicht meine Ängste und Zweifel aufbürden. Bitte verzeih. Ich sollte besser mit anderen Leuten hier in der Klinik reden – mit Psychologen zum Beispiel.«

»Ich finde es schon in Ordnung«, sagte Mag hastig.

»Nein, es ist nicht fair dir gegenüber. Meine einzige Entschuldigung ist, daß du so ehrlich besorgt um meinen Sohn scheinst.«

»Das bin ich wirklich, Mrs. Jacoby. Ich habe ihn schrecklich gern.« Bei diesen leidenschaftlichen Worten errötete Mag heftig. Was mußte Donovans Mutter jetzt bloß von ihr denken!

Mrs. Jacoby lächelte verständnisvoll. »Er hatte zu

Hause eine Freundin. Und ich wünschte, sie wäre nur halb so mitfühlend und sensibel gewesen wie du. Ich fürchte, sie hat ihn sehr verletzt.«

»An der hat er nicht viel verloren«, sagte Mag, die erkannte, daß sie nicht in dem Sinn Donovans Freundin war, wie Mrs. Jacoby meinte. Doch sie hatte ihn wirklich lieb.

»Da stimme ich dir voll und ganz zu. Gibt es schon etwas Neues von dem Projekt, das du erwähnt hast? Dieses Haus, in dem Eltern wohnen sollen, während ihre Kinder hier im Memorial behandelt werden?« Donovans Mutter wechselte rasch das Thema. »Glaub mir, gerade in dieser letzten Nacht hätte ich mir so etwas dringend gewünscht. Diese Taxifahrt nach Hause, nachdem ich erfahren hatte, daß es keine Transplantation geben würde, war die längste, die ich je mitgemacht habe. Ich wollte nur noch Brett ins Bett bringen, mich unter meine Decke verkriechen und schlafen, aber ich konnte nicht. Erst mußten wir diesen langen Weg nach Hause hinter uns bringen und quer durch die Stadt fahren.«

Mag schüttelte den Kopf. »Das tut mir furchtbar leid... Aber ich habe noch nichts Neues gehört.«

»Tja, es ist eben ein schwieriges Unterfangen.« Sie verzog das Gesicht. »Was für ein blöder Ausdruck!«

Als Mag am nächsten Morgen in Donovans Zimmer kam, saß er aufrecht im Bett und schaltete sich mit der Fernbedienung durch sämtliche Fernsehkanäle. Sie war erleichtert, ihn so wach und munter zu sehen. »Offensichtlich geht es dir schon besser«, sagte sie, als sie zu ihm ans Bett trat. »Du unternimmst wohl gerade eine Expedition durch die TV-Programmwüste.«

Er schaltete das Fernsehgerät ab und streckte die Hand nach ihr aus. »Es geht mir besser«, erwiderte er. »Was immer das bedeuten mag.«

Sie ergriff seine Hand und registrierte, daß seine Haut eine eigenartige Färbung hatte, irgendwo zwischen Gelb und cremigem Weiß. Aber seine Stimme klang wieder kräftig und klar. »Das bedeutet, daß du hier rumliegen wirst, bis ein anderer Organspender des Weges kommt«, sagte sie trocken.

»Ich hatte es schon fast geschafft, nicht wahr?«

»Kannst du dich noch an irgend etwas erinnern?«

»Ich entsinne mich, daß ich plötzlich aufgeweckt wurde und eine Schwester mir die wildeste und verrückteste Nacht meines Lebens versprach.«

Mag kicherte. »Und sie hat nicht gelogen, oder?«

»Sie packten mich auf eine Bahre und fuhren mich in den Operationssaal hinunter. Dort veranstalteten sie allerlei Tests und Untersuchungen mit mir und verabreichten mir schließlich einen Cocktail namens Krom.«

»Und was ist das?«

»Das ist das am beschissen schmeckendste Zeug, das jemals von der Wissenschaft erfunden wurde. Ein Entgiftungspräparat für die Verdauungsorgane, um all die widerlichen Keime abzutöten, die sich in deinem Körper herumtreiben. Damit hat der Körper nach der Transplantation eine größere Chance, das neue Organ anzunehmen.«

»Zu blöd, daß das alles umsonst war«, meinte Mag.

»Ja ... wirklich zu blöd. Aber was soll's – schließlich war ich noch nie ein besonderer Glückspilz.«

Sie versuchte, die Woge von Mitgefühl zu unterdrücken, die sich in ihrem Herzen auszubreiten versuchte. Sie hatte gelernt, daß Patienten kein Mitleid wollten, sondern Verständnis. »Und ob du ein Glückspilz bist, schließlich hast du ja mich kennengelernt«, forderte sie ihn heraus.

Ein Lächeln verlieh Donovans Zügen Weichheit, und sie spürte, wie ihr Puls sich beschleunigte. »Okay, eins zu null für dich.«

»Was haben sie sonst noch alles mit dir angestellt?«

»Sie gaben mir die übliche Beruhigungsspritze vor Operationen, und ich schwirrte ab ins Nirwana, darum habe ich nur mehr bruchstückhafte Erinnerungen an die Zeit danach. Ich kann mich erinnern, daß meine Mutter mich besuchen kam. Dann folgt ein Filmriß, was die nächsten vierundzwanzig Stunden betrifft. Schließlich bin ich im Wachraum wieder zu mir gekommen. Ich habe einige Zeit gebraucht, bis ich merkte, daß irgend etwas mit der Transplantation schiefgegangen war. Ich hätte schließlich eine große Narbe von der Operation an der Seite haben müssen, und die hatte ich nicht.« Er schüttelte den Kopf, als wollte er sein Gedächtnis auffrischen.

Er hatte ihre Hand nun fester gepackt. Sie hätte ihm gern so vieles gesagt, doch sie rief sich zur Ordnung und dachte an Alanas Rat, einfach zuzuhören. »Ich war am Boden zerstört vor lauter Enttäuschung«, sagte er schließlich. »Und wütend. Da war ich nun gefangen in einem medizinischen Fegefeuer, und ich konnte nichts dagegen tun. Die Operation hatte nicht stattgefunden, und – was noch schlimmer war – ich würde die ganze Strapaze noch einmal auf mich nehmen müssen, falls man doch eine Leber für mich finden sollte.«

Er sah zu ihr hoch, und sein harter innerer Kampf mit dem Selbstmitleid stand ihm ins Gesicht geschrieben. »Wie dem auch sei – hier bin ich wieder. Und warte immer noch.«

»Wir haben uns alle solche Sorgen um dich gemacht«, sagte Mag weich. »Ich habe mit deiner Mutter gesprochen, und jetzt bin ich mehr denn je davon überzeugt, daß wir dieses Familien-Gästehaus brauchen.«

»Kann schon sein. Doch *ich* bin mehr denn je deiner Ansicht, daß sie ein eigenes Haus haben muß. Wie kommst du mit deiner Suche voran? Gibt es schon irgendwelche Neuigkeiten?«

Sie verschränkte ihre Finger ineinander und hoffte, er würde nicht bemerken, wie sie sich wand. Schließlich murmelte sie: »Noch nicht.« In Wahrheit hatte sie nicht einmal zu suchen begonnen. Es passierte so viel im Moment, daß sie noch nicht das Geringste unternommen hatte, um ihr Versprechen zu erfüllen.

»Ich will nicht, daß das Geld von der Stiftung nur rumliegt«, beharrte Donovan. »Wenn es etwas gibt, das mich davor bewahrt, verrückt zu werden, dann ist es der Scheck von diesem JWC.«

»Und wieso das?«

»Einfach weil ich weiß, daß er da ist. Weil ich weiß, daß ich für Mutter und Brett eine Zukunft schaffen kann. Das war alles, woran ich dachte, als ich im Wachraum wieder bei Bewußtsein war. Ich habe mich entschlossen, durchzuhalten, damit ich eines Tages wieder so gesund bin, daß ich hier rauskomme und meine Mutter zu dem Haus führen kann, das ich für sie kaufen werde.«

Das schlechte Gewissen ließ Mags Hals eng werden. Sie verzögerte die Verwirklichung seines Traums, weil sie ihr Versprechen nicht einlöste, einen Immobilienmakler zu finden und auf Häusersuche für ihn zu gehen. »Aber sieh zu, daß du wieder auf die Beine kommst, in Ordnung? Ich schwöre, ich werde schon bald ein paar Häuser für dich finden, damit du deine Auswahl treffen kannst.«

»Es ist nicht nötig, daß wir mit dem Kauf warten, bis ich die Transplantation hinter mir habe, nicht wahr? Ich muß einfach nur die nächste Zeit überleben.« Er sah Mag fest in die Augen. »Wenn es eine nächste Zeit gibt.«

Als Mag an diesem Abend erschöpft die Haustür aufsperrte und ins Haus trat, eilte ihr ihre Mutter entgegen und umarmte sie. »Ich habe schon auf dich gewartet. Rate, was passiert ist, Liebes! Der Vorstand der Juniorliga hat deinem Projekt zugestimmt. Wir werden unverzüglich damit beginnen, Spenden aufzutreiben, um das ›Zuhause weit weg von zu Haus‹ bald bauen zu können. Ist das nicht toll?«

Kapitel 13

Mag warf Handtasche und Autoschlüssel schwungvoll auf den Marmortisch, der den geräumigen Eingangsbereich des Hauses zierte. »Das Projekt ist angenommen worden? Das ist ja großartig, Mama! Wir brauchen das Haus jetzt ganz dringend.« Mag dachte immer noch an Mrs. Jacoby und alle die anderen Eltern in einer ähnlichen Situation.

»Ich wußte, daß du dich freuen würdest. Schließlich ist das ja dein ›Kind‹. Wir werden uns am Freitag morgen mit einem Architekten treffen, der ein Verwandter von Betty Hotchkiss ist und sich bereit erklärt hat, uns seine Dienste kostenlos zur Verfügung zu stellen. Das ist der Clou an dem ganzen: so viel wie möglich umsonst zu bekommen. Ich fände es schön, wenn du bei dem Termin dabeisein könntest.«

»Ich habe Dienst im Krankenhaus.«

»Du bist schließlich nur Schwesternhelferin. Vielleicht solltest du jetzt überhaupt deine Prioritäten neu setzen.«

Doch Mag wollte keine neuen Prioritäten setzen. Sie wollte im Krankenhaus bleiben – bei Donovan. »Man zählt aber in der Kinderstation auf mich.«

»Dieses Projekt war deine Idee, und wie du sie dem Vorstand der Juniorliga präsentiert hast, war sehr überzeugend. Ich habe daraus natürlich geschlossen, daß du auch bei der Verwirklichung eine große Rolle spielen würdest. Ich bin stolz auf dich, Mag. Die Idee ist so großartig, aber wir werden eine Menge Arbeit investieren müssen. Wir können es nur schaffen, wenn wir alle am selben Strang ziehen.«

Mag hatte angenommen, daß ihre Mithilfe nicht mehr vonnöten sein würde, sobald die Juniorliga das Projekt übernahm. Sie dachte an die Einfälle, über die sie und Alana gescherzt hatten, als es darum ging, wie und wo man Spenden sammeln konnte. »Ich habe mir schon Gedanken über einen brieflichen Spendenaufruf gemacht«, sagt sie zögernd.

»Natürlich, ein Brief! Wir machen das sehr häufig. Weißt du, ein Projekt dieser Größenordnung benötigt die Unterstützung aller Menschen in dieser Gegend. Wir müssen jeden ansprechen – von den Schulkindern bis hin zu hochkarätigen Politikern. Wenn du also eine Idee hast, wie dieser Brief aussehen sollte, dann mach dich am besten gleich an den Entwurf.«

Mags Respekt für ihre Mutter wuchs. Noch nie hatte sie die karitative Arbeit ihrer Mutter ernst genommen, was vielleicht daran lag, daß diese ständig zu Wohltätigkeitsessen oder -partys unterwegs war – in Mags Vorstellung kaum mit dem Begriff Arbeit zu definieren. Doch jetzt bekam Mag eine Ahnung davon, wie wichtig und weitreichend die Kontakte ihrer Mutter waren. Ohne die Hilfe prominenter Washingtoner Bürger würde sich das Projekt nie in die Tat umsetzen lassen.

»Und außerdem brauchen wir dich bereits im Planungsstadium, Mag. Deine Ideen sind unverzichtbar«, fügte ihre Mutter hinzu.

Meine Ideen? dachte Mag. Alles, was sie ursprünglich interessiert hatte, war ein Ort in der Umgebung der Klinik gewesen, wo Mrs. Jacoby in Donovans Nähe sein konnte.

Ihre Mutter fuhr unbeirrt fort: »Wir werden am Sonntag nachmittag eine Brainstorming-Sitzung veranstalten. Ich habe ein paar Angestellte des Krankenhauses eingeladen, ein paar führende Leute aus Verwaltung und Geschäftsleben und einige Politiker. Ich bin sicher, daß wir einen Sondervorstand aus den Reihen dieser Personen aufstellen werden, weil genau das die Menschen sind, die ein grundsätzliches Interesse an unserem Projekt haben müßten. Und jeder von ihnen ist dem Memorial auf besondere Weise verbunden – einige haben dort Menschen verloren, die sie liebten.«

Mag mußte an Cindys Eltern denken. Zu schade, daß sie so weit entfernt wohnten. »Werden uns auch große

Stiftungen unterstützen?« Mag hatte bei dieser Frage Donovans Geld von »Mein letzter Wunsch« im Hinterkopf und die unsichtbare Stiftung, die dahinterstand. Vielleicht würde sich ja die Identität dieses JWC lüften, und sie könnte sogar die Person kennenlernen, die Donovan geschrieben und den Scheck unterzeichnet hatte.

»Die wohltätigen Organisationen rivalisieren natürlich um jeden Spendendollar, doch wir haben hier ein wirklich wertvolles Projekt, von dem der gesamte Bezirk profitieren wird. Ich kann mir nicht vorstellen, daß Stiftungen sich unserem Ansinnen widersetzen werden, doch vielleicht brauchen sie einen besonderen Anstoß. Glücklicherweise haben einige der Leute, die unser Treffen am Sonntag besuchen, große Erfahrungen auf diesem Gebiet.«

»Und du willst wirklich, daß ich auch zu diesem Termin komme?«

»Selbstverständlich.«

»Wie ist es mit meiner Freundin Alana? Ihr Bruder hatte auch eine Organverpflanzung.«

»Bring doch gleich beide mit! Dein Vater meint, wir sollten auch Mrs. Jacoby einladen. Ihr Sohn wartet schließlich auch auf eine Transplantation. Wer könnte besser über unser Projekt sprechen als sie?«

»Mama, danke für all deine Hilfe.« Die Worte konnten Mags Dankbarkeit nicht annähernd gerecht werden.

Ihre Mutter lächelte. »Ich finde, unsere Familie ist

vom Schicksal außerordentlich begünstigt, Mag. Dein Vater, unsere Kinder und ich. Ich glaube ernsthaft daran, daß wir verpflichtet sind, anderen zu helfen, um Dankbarkeit für unsere glücklichen Lebensumstände zu beweisen. Ich weiß, daß du ein schwieriges Jahr hinter dir hast, aber es tut mir in der Seele wohl zu sehen, daß du wieder fest auf den Beinen stehst.«

Ein schwieriges Jahr ... das kann man wohl sagen, Mama, dachte Mag. Und doch hatte ihre Mutter recht mit dem, was sie ausdrückte. Es vergingen mittlerweile ganze Tage, ohne daß sie ein einziges Mal an Cindy denken mußte. Eine Sekunde lang fühlte sie einen Anflug von schlechtem Gewissen wegen ihrer Treulosigkeit, doch dieses Gefühl verflog rasch. Sie mußte jetzt an andere denken. Sie hatte Donovan, und sie wollte ihn behalten. Doch mehr noch als alles andere wollte sie, daß er überlebte.

»Zwei Millionen Dollar, Alana! Mama sagte, der Architekt schätzt die Kosten für den Bau dieses Hauses auf nahezu zwei Millionen Dollar. Wie sollen wir nur jemals so viel Geld sammeln?«

»Ja, ganz schön viel.« Alana saß im Innenhof des Krankenhauses und leckte an einem Eis. »So viel habe ich nicht in meinem Sparschwein.«

»Wir werden alt und grau sein, bis dieses Haus gebaut werden kann.«

»Zumindest sind wir mit der High School fertig.«

»Du nimmst das Ganze nicht ernst!«

»Doch, das tue ich. Aber ich finde, daß uns nicht geholfen ist, wenn wir uns wegen dieser unglaublichen Summe verrückt machen. Wir müssen in kleinen Häppchen denken. Wir brauchen lediglich zwei Millionen Menschen, die uns einen Dollar spenden. Oder eine Million Menschen, die uns zwei Dollar geben. Oder vier große Stiftungen und Firmen, die je fünfhunderttausend Dollar spenden. Die zwei Millionen sind längst nicht so beängstigend, wenn man sie von dieser Warte aus betrachtet.«

Mag wollte mit ihr darüber streiten, doch sie überlegte es sich anders. Alanas Logik machte Sinn. »Noch etwas anderes hat mir meine Mutter erzählt: Der Architekt war wohl recht besorgt wegen des Grundes, auf dem das Haus gebaut werden soll.«

»Haben sie schon ein Grundstück?«

»Zur Zeit sind Grundstücke in der Umgebung der Klinik dünn gesät. Ein Großteil der Umgebung ist bereits von Maklern aufgekauft worden, und ein Stück Land kostet furchtbar viel Geld. Es gibt noch ein Grundstück, das dem Memorial selbst gehört, aber das hat man schon für einen Parkplatz verplant.«

Alana rümpfte die Nase. »Ein Wohnhaus für Eltern ist doch wichtiger als ein Parkplatz.«

»Wir wissen das, aber die Krankenhausverwaltung müßte eine Umwandlung genehmigen. Und erst ginge der Plan an ein Komitee zur Genehmigung. Ich schwöre dir, das wird ewig dauern.« Niedergeschlagen sank Mag in ihrem Stuhl zusammen.

»Aber irgendwann *wird* es passieren«, versicherte Alana. »Es wird zwar seine Zeit brauchen, aber eines Tages wirst du über die Grünflächen blicken«, mit einer Armbewegung zeigte sie auf das Klinikgelände, »und dieses wunderbare Haus sehen und all die Eltern, deren Kinder auf unserer Station liegen. Und dann werden wir beide sagen: ›Wir haben dieses Haus mitaufgebaut‹.«

»Du hast recht, ich sollte mich in so einem frühen Stadium noch nicht zu sehr entmutigen lassen. Wirst du mit Lonnie zu dem Termin am Sonntag kommen?«

»Wir werden da sein. Machst du morgen mit mir einen Einkaufsbummel? Ich brauche unbedingt was Neues zum Anziehen, wenn ich mich schon mit diesen wichtigen Leuten sehen lasse.«

Mag schüttelte bedauernd den Kopf. »Ich kann nicht. Ich habe schon andere Pläne.« Sie ging nicht weiter ins Detail, obwohl Alana erwartungsvoll guckte. Doch wie hätte sie ihr beibringen sollen, daß sie zum Hauskaufen ging? Vor allem, wo dies Donovans Geheimnis war...

»Kann ich Ihnen helfen?« fragte die Frau am Empfang des Maklerbüros, als Mag eintrat.

Nervös lächelte Mag und leckte sich kurz über die Lippen. Sie hatte zwei volle Stunden damit verbracht, ihr Aussehen so zu verändern, daß sie älter wirkte als sechzehn. Sie hatte ihre schicksten Designer-Klamotten und Accessoires ausgesucht und ihren edelsten Goldschmuck angelegt. Sie war heilfroh, daß ihre Mutter ihr beigebracht hatte, wie man einen starken ersten Eindruck hinterließ. Und obwohl sie sich in Jeans weitaus wohler fühlte, wußte sie doch instinktiv, daß der beste Weg, das zu erreichen, was man wollte, darin bestand, glaubwürdig zu wirken. »Ich bin mit Miss George verabredet.«

Die Empfangsdame läutete in einem der Büros an, und bald darauf erschien eine große blonde Frau, um Mag zu begrüßen. Falls sie erstaunt über Mags Jugend war, so zeigte sie es auf jeden Fall nicht. Nachdem sie Miss Georges Büro betraten hatten, nahm Mag auf einem Sofa Platz.

»Ich bin zuversichtlich, daß wir für Sie genau das richtige Heim finden werden, Miss Charnell. Nach unserem Telefongespräch habe ich einige Häuser in die engere Auswahl gezogen, und ich bin sicher, daß sie Ihren Erwartungen entsprechen werden«, meinte Miss George.

Mag räusperte sich nervös. »Wie ich Ihnen schon sagte, bin ich im Auftrag eines guten Freundes hier. Er vertraut meinem Urteilsvermögen, was die Vorverhandlungen anbelangt, doch die endgültige Auswahl wird er treffen.«

»Absolut in Ordnung. Ich verstehe das völlig. Ich habe schon viele Immobilientransaktionen über dritte Personen abgewickelt. Erst letzten Monat hat ein wohlhabender ausländischer Geschäftsmann seine Tochter bei mir vorbeigeschickt. Offensichtlich wird die junge Dame im Herbst ein Studium an der Georgetown-Universität beginnen, und er wollte lieber, daß sie sich in der Nähe des Campus ein Haus kauft, statt in einem Wohnheim zu leben. Es ist also nicht nur das Haus, in dem sie leben soll, sondern auch die Geldanlage für ihn von Interesse.«

Mag erwiderte das freundliche Lächeln der Maklerin. »Sie werden verstehen, daß mein Freund unbedingt in der Umgebung des Memorial Hospitals bleiben muß.«

»Das hatten Sie bereits erwähnt.« Die Maklerin runzelte nachdenklich die Stirn. »Ich muß leider zugeben, daß das nicht einfach sein wird. In dieser Gegend stehen kaum Häuser zum Verkauf.« Dann hellte sich ihr Gesicht auf. »Aber ich kann Ihnen viele Alternativvorschläge unterbreiten. Reizende Häuser, die über den Beltway nur wenige Minuten von der Klinik entfernt sind.«

»Sehen wir sie uns doch einfach an«, schlug Mag vor. »Mein Freund legt großen Wert darauf, daß der Hauskauf so schnell wie möglich abgewickelt wird.« Ihre tiefste Sorge verschwieg sie jedoch: *»Weil er vielleicht nicht mehr lange zu leben hat.«*

Sie verbrachten mehrere Stunden damit, in Frage kommende Häuser zu besichtigen. Einige gefielen Mag, doch nur zwei davon wollte sie Donovan ernsthaft vorschlagen, und sie hatten ihre Mängel. Mag war nämlich der Meinung, die Häuser lagen zu weit vom Memorial entfernt, obgleich sie über gute Busverbindungen verfügten.

Als sie wieder ins Maklerbüro zurückkehrten, meinte Miss George: »Lassen Sie sich nicht entmutigen. Es braucht einfach seine Zeit, das richtige Heim zu finden. Es ist schließlich etwas anderes, als ein Kleid zu kaufen, das man wieder zurückgeben kann, wenn es einem doch nicht gefällt.«

Mag mußte ihr zustimmen. »Bitte sehen Sie sich weiter um. Und rufen Sie mich jederzeit an, wenn Sie glauben, Sie hätten etwas Passendes für mich gefunden.«

»Aber sicher. Wir werden Ihren Freund nicht enttäuschen; wir werden genau das Richtige für ihn finden.«

Mag fuhr enttäuscht nach Hause, weil ihre Suche nicht positiver verlaufen war. Sie spürte den Zeitdruck stärker als je zuvor auf sich lasten. Donovans Zustand war zwar im Augenblick stabil, doch das konnte sich in der nächsten Minute ändern. Sie umfaßt das Lenkrad energischer und murmelte ein Stoßgebet, daß seine gesundheitliche Lage unverändert bleiben würde, bis sein Traum erfüllt war – seiner Mutter mit dem Geld der Stiftung ein neues Zuhause zu schenken.

Kapitel 14

»Wie kann ich mithelfen?« fragte Donovan, nachdem ihn Mag von ihrer Idee unterrichtet hatte.

»Sobald Alana da ist, werden wir drei zusammen den Spendenaufruf entwerfen.«

»Welche Art von Brief soll es denn werden?«

»Die Idee ist mir gekommen, als ich zuhörte, wie sich auf dem Treffen am Sonntag die verschiedenen Leute ausgetauscht haben. Alle waren sich einig, daß wir diese Briefe brauchen, um öffentliche Unterstützung zu kriegen. Habe ich dir überhaupt schon erzählt, daß verschiedene TV-Sender die Story wochentags in ihren Sechs-Uhr-Nachrichten bringen wollen?«

»Mutter hat es mir gesagt. Sie ist ziemlich aufgeregt wegen des Projekts, und sie hat von nichts anderem geredet, als sie mich gestern abend besucht hat.«

»Um wieder auf den Brief zurückzukommen... Ich habe mir gedacht, warum sollten wir den Brief nicht von einem der derzeitigen Patienten schreiben lassen? Von jemandem, der das Problem aus erster Hand kennt?«

»Damit meinst du mich, oder?«

»Natürlich meine ich dich! Ich bin auf diesen Einfall gekommen, weil ich gesehen habe, wie schwierig es für deine Mutter und Brett ist, so weit entfernt von dir zu wohnen.«

»Kurz gesagt: Es sollte ein Brief wie der von JWC werden, oder?«

»Etwas in der Art, ja, nur ein wenig anders.« Mag mußte zugeben, daß der Brief von der Stiftung und sein persönlicher, lockerer Ton sie beeindruckt hatten. Bestimmt konnten sie etwas Ähnliches entwerfen, nur daß sie in ihrem Brief um Geld baten, statt es zu verschenken.

»Das ist eine gute Idee, aber ich bin kein guter Briefeschreiber«, meinte Donovan.

»Genau darum werden Alana und ich dir zur Seite stehen. Wenn wir drei einen überzeugenden Brief hinbekommen, wird der Vorstand der Juniorliga keine andere Wahl haben, als ihn auch zu verwenden. Das ist dann unser Beitrag zu diesem Projekt.«

»Klingt gut. An wen wollt ihr den Aufruf senden?«

»Das zuständige Projektkomitee hat eine umfangreiche Adressenliste von Leuten, die entweder Patienten im Memorial waren oder bekannt dafür sind, Gelder bei wohltätigen Anlässen zur Verfügung zu stellen – vor allem für medizinische Zwecke. Das Projekt wird loszischen wie eine Rakete!«

»Glaubst du ehrlich daran, daß dieses Haus jemals gebaut werden wird?«

»Aber ja. Zuerst einmal verpassen wir ihm den Namen ›Wayfarer Inn – Ein Zuhause weit weg von zu Hause‹. Gefällt dir das?«

»Klingt wie ein Hotel.«

»Oh, es wird mehr sein als ein Hotel. Es soll zehn bis

zwölf Schlafräume haben, eine Gemeinschaftsküche, ein Spielzimmer, ein Fernsehzimmer, einen Aufenthaltsraum, eine Waschküche, eine Bibliothek...« Sie hielt inne, um Atem zu holen. »Und jede Familie, die ihr Kind zu einer langfristigen Behandlung hier im Memorial liegen hat, kann in dieser Pension für nur fünf Dollar die Nacht logieren.«

»Ich bin beeindruckt«, sagte Donovan.

»Wovon bist du beeindruckt?« fragte Alana, die in diesem Moment durch die Tür hereinstürmte.

»Ich bin beeindruckt von den Plänen für das Wayfarer Inn.«

Alana zog sich einen Stuhl neben den von Mag und setzte sich. »Ich bin so aufgeregt über die ganze Sache, daß ich die halbe Nacht wach gelegen bin. Lonnie hatte auch noch eine tolle Idee: einen Spenden-Marathon.«

»Genau das Richtige für mich«, konterte Donovan.

»Hat Mag dir auch von unseren Ideen mit den Schulen erzählt?«

»Dazu hatte ich noch keine Möglichkeit.«

»Also, dann leg mal los.«

Mag beugte sich nach vorn. »Wir fordern die Kinder in der Grundschule dazu auf, einen Monat lang jeden Tag einen Penny mitzubringen, die sie dann in Glaskrüge werfen, die in jedem Klassenzimmer aufgestellt werden. Wenn jedes Kind nur einen Penny am Tag spendet, haben wir schnell ein Vermögen gesammelt.«

»Wir haben uns gedacht, einen Penny kann jedes Kind entbehren«, warf Alana ein.

»In den höheren Klassen veranstalten wir Wettläufe und verkaufen Kuchen und Kekse. In den Oberstufenklassen initiieren wir Straßensammlungen.«

»Ich habe noch nie von so was gehört. Ist das erlaubt?« fragte Donovan.

»Klar, ist es«, antwortete Alana. »Ausgewählte Schüler bekommen offizielle Ansteckplaketten, und dann stellen sie sich an vielbefahrenen Kreuzungen auf und reichen ihre Sammelkörbe herum, damit jeder Autofahrer in der Schlange etwas reinwerfen kann. Jedesmal, wenn die Ampel wieder umschaltet, kommt eine neue Reihe von Autos mit potentiellen Spendern zum Stehen.«

»Was habt ihr noch alles auf Lager?«

»Tja, denk nur nicht, daß ausschließlich Mag und ich alle guten Ideen haben«, sagte Alana. »Die anderen Leute auf dem Treffen am Sonntag hatten auch ein paar tolle Einfälle. In zwei Wochen plant die Juniorliga eine Kreuzfahrt bei Mondlicht auf dem Potomac.«

Donovan rollte mit den Augen. »Klingt ja sehr romantisch – und ist doch etwas ganz anderes als Schlammringkämpfe oder Bowlingturniere für einen guten Zweck.«

»Hast du was gegen Romantik?« witzelte Alana.

»Romantik zu einem bestimmten Zweck«, beharrte Mag und kniff ihn spielerisch in den Arm. »Wir fahren mit all diesen reichen Leuten auf einem Dampfer auf den Potomac hinaus, bieten ihnen etwas Leckeres zu essen, lassen sie tanzen, machen eine kleine Präsentation für das Projekt und fragen schließlich jeden einzelnen, wieviel er oder sie spenden will.«

»Bitte beachte, daß wir betonen *wieviel*, nicht etwa *ob* sie spenden wollen.«

»Scheint genau die richtige Zielgruppe zu sein, die ihr da auf den Fluß hinauskutschieren wollt«, fand Donovan.

»Exakt. Und entweder spenden sie, oder sie schwimmen nach Hause.«

Sie brachen bei Mags berechnenden Worten in herzhaftes Gelächter aus.

»Werdet ihr zwei auch mit auf die Flußkreuzfahrt gehen?« fragte Donovan.

»Na klar«, erwiderte Alana. »Jemand muß schließlich die Spendengelder bewachen.«

»Und wen nehmt ihr als Begleiter mit?« Donovans Frage war zwar an beide Mädchen gerichtet, doch seine Augen ruhten auf Mag.

»Sie möchte dich mitnehmen, mein Junge, aber sie braucht immer ewig, bis sie sich zu fragen traut.«

Mag wurde blutrot, und sie schoß Alana einen tödlichen Blick zu.

»Lädst du mich also hiermit ein?« Donovan ließ nicht locker.

Mag richtete sich zu ihrer vollen Größe auf. »Ich hatte es geplant, aber den Zeitpunkt hätte ich gern selbst ausgesucht.« Niemand verlor ein Wort darüber, was doch in allen Köpfen präsent war: In zwei Wochen würde er vielleicht zu schwach sein, um mitzukommen.

»Ich nehme dankend an«, sagte Donovan schließlich.

»Ehrlich?«

»Ja, ehrlich«, bekräftigte Alana und stand auf. Sie rieb sich die Hände. »Das war eine wirklich unkomplizierte Verabredung. Und nun mache ich mich besser auf die Socken, um für mich auch einen Begleiter aufzutreiben. Der erste, den ich fragen werde, ist Carl Douglas, ein echt toller Typ.«

»Wenn wir jetzt unser gesellschaftliches Leben geregelt haben, könnten wir uns vielleicht doch an den Brief machen, nicht wahr?« Mag zog Alana wieder auf ihren Stuhl.

»Das hatte ich gerade im Sinn.« Alana setzte sich, und Mag reichte ihr Papier und Bleistift. »Wie sollen wir anfangen?«

»Donovan, wenn du den Leuten deine Einstellung zum Wayfarer Inn schildern solltest, was würdest zu sagen?«

Ernsthaft bedachte er Mags Frage. Als er schließlich zu sprechen begann, kamen die Worte aus seinem tiefsten Innern: »Auf eine Organverpflanzung zu warten ist harte Arbeit. Es ist schwer, sich nicht entmutigen zu lassen. Und noch schwieriger ist es, wenn man einer angeblich bevorstehenden Transplantation nervös ins Auge sieht und dann erfahren muß, daß doch nichts daraus wird. Aber ich muß zugeben, daß das schlimmste an der ganzen Sache ist, wenn man seine Familie in dieser belastenden Wartezeit nicht in seiner Nähe haben kann. – Ich bin siebzehn und war überzeugt, aus dem Alter herauszusein, wo man seine Angehörigen immer um sich braucht. Aber das stimmt so nicht. Manchmal, wenn ich besonders deprimiert bin, brauche ich dringend die Nähe meiner Mutter und meines kleinen Bruders. Es ist durchaus nicht so, daß das Personal hier im Krankenhaus nicht nett zu mir wäre – sie sind es ganz bestimmt. Aber manchmal wünsche ich mir nichts dringender auf der Welt, als die Hand meiner Mutter zu halten.«

Donovans Stimme klang gepreßt, so sehr versuchte er, seine Emotionen im Zaum zu halten. Auch Mag spürte einen Kloß im Hals. Sie war überzeugt gewesen, Donovans Situation genau zu verstehen, doch das stimmte nicht wirklich. Sie erkannte, daß sie die Tatsache, daß sie kommen und gehen konnte, wie es ihr gefiel, und daß sie mit ihren Eltern zusammensein konnte, als selbstverständlich betrachtet hatte. Donovan hatte kein Zuhause, und seine Familie konnte ihm nicht ausreichend zur Seite stehen, da sie keine Möglichkeit hatten, in seiner Nähe zu wohnen.

»Das war sehr bewegend, Donovan«, meinte Alana leise. »Wenn wir all diese Gefühle in einem Brief zum Ausdruck bringen können, werden wir eine Menge Geld sammeln. Da bin ich ganz sicher.«

Er wandte den Blick ab. »Es ist ganz normal, daß

kleine Kinder ihre Mama um sich haben wollen«, sagte er. »Ich habe mir gedacht, es könnte noch mehr Wirkung haben, wenn die Leute verstehen, daß es großen Kindern auch nicht anders geht.« Er versuchte ein schelmisches Lächeln. »So, das kam aus den Tiefen meines Herzens. Und damit das Ganze nicht zu schwermütig wird, könnt ihr als nächstes folgendes schreiben: Ein weiterer Grund dafür, dieses Haus zu bauen, ist die große Küche. Da kann meine Mama dann Berge ihrer speziellen Schokoladenkekse bakken, denn das Krankenhausessen wird mit der Zeit ganz schön langweilig.«

»Dieser Absatz wird allein eine Menge Geld einbringen«, scherzte Mag.

»Aus diesem Anlaß möchte ich schon jetzt meine Spende abgeben«, fügte Alana feierlich hinzu. »Jeder, der Schokoladenplätzchen backen kann, verdient es, eine Küche dafür zur Verfügung zu haben.«

Sie arbeiteten noch eine weitere Stunde an ihrem Brief und machten verschiedene Vorschläge, doch es war Donovan allein, der seine persönliche Sichtweise vor allem anderen in das Schreiben einbrachte. Als sie mit ihrem Entwurf fertig waren, war Mag höchst zufrieden mit dem Ergebnis. »Ich werde das jetzt meinen Eltern zeigen und hören, was sie davon halten«, sagte sie. »Wenn es ihnen gefällt, können wir den Brief ganz schnell in Druck geben.«

»Ich hoffe, er erfüllt seinen Zweck«, meinte Donovan.

»Ich bin sicher, das wird er, denn er kommt von Herzen.«

»Das stimmt«, bestätigte er. »Er kommt direkt aus meinem Herzen.«

Als Alana gegangen war, nahm Donovan Mags Hand und ließ sich auf das Kissen zurücksinken. Er sah müde aus. »Ich weiß es sehr zu schätzen, was du alles für mich tust«, sagte er.

»Ich tue es für jedes einzelne Kind, das lange im Krankenhaus bleiben muß«, erwiderte sie, doch sie wußte, daß er die Wahrheit fühlte: Ihr Engagement war hauptsächlich ihm gewidmet.

»Ich tue, was ich kann, damit ich auf den Beinen bleibe, um mit dir auf diesen Kreuzzug zu gehen.«

»Solltest du auch. Ich zähle nämlich auf dich.«

»Das heißt, falls mir nicht eine neue Leber über den Weg läuft.«

»Eine andere Ausrede als diese würde ich nicht akzeptieren«, entgegnete sie. Und dann, ganz impulsiv, beugte Mag sich zu ihm und küßte ihn hastig auf die Wange. Eine Sekunde später war sie aus dem Zimmer gerannt.

Kapitel 15

»Mag, das ist ja wundervoll!« Ihre Mutter legte den Rohentwurf von Donovans Brief zur Seite und wischte sich eine Träne aus dem Augenwinkel. »Das ist so sensibel und gefühlvoll geschrieben. Ich finde, ihr habt das hervorragend gemacht. Ich werde den Brief unserem Vorstand vorlegen, und vielleicht können wir ihn ja noch vor der Flußkreuzfahrt versenden. Ich weiß, daß wir damit eine Menge Spendengelder für unsere Sache auftreiben werden.«

Mags Vater nahm den Brief ebenfalls zur Hand und las ihn, während er aß. Sie speisten, was selten geschah, gemeinsam zu Abend, und Mag genoß es tatsächlich, daß sie ihre Zeit miteinander verbrachten. »Das ist gut«, meinte der Vater. »Ich habe ja immer gesagt, daß Donovan ein ganz außergewöhnlicher Junge ist.«

»Ich würde ihn gern auf die Flußkreuzfahrt mitnehmen, wenn du ihm wieder Ausgeherlaubnis erteilst«, sagte Mag.

»Ehrlich gesagt, habe ich vor, ihn aus dem Memorial zu entlassen.«

»Geht es ihm denn dazu gut genug?«

»Er ist so stabil, daß er ebensogut in seiner Wohnung auf die Transplantation warten kann wie im Krankenhaus. Vom medizinischen Standpunkt aus gesehen, hat Dr. Rosenthal alles Menschenmögliche für ihn getan. Jetzt ist es an mir und meiner Mannschaft, für ihn eine neue Leber zu finden. Das ist immer noch seine einzige Rettung.«

Mag war gar nicht wohl bei dem Gedanken, daß Donovan sich so weit von der Klinik entfernt aufhalten sollte – und von ihr. »Aber was ist, wenn ihr plötzlich einen Spender habt? Oder wenn es ihm wieder schlechter geht? Seine Mutter ist den ganzen Tag über in der Arbeit...«

»Er bekommt einen Signalpiepser«, unterbrach ihr Vater sie freundlich. »Wenn wir einen geeigneten Organspender zur Verfügung haben, kann er innerhalb kürzester Zeit mit der Ambulanz hierhergebracht werden. Das gleiche gilt für den Fall, daß es ihm wieder schlechter gehen sollte. Einen Krankenwagen anzurufen ist für ihn leicht, selbst wenn er allein zu Hause ist und sich sein Zustand plötzlich verschlechtert.«

Mag war sicher, daß es Mrs. Jacoby nicht gefallen würde, ihn Tag für Tag allein zu Hause zurückzulassen. »Mir scheint nur, daß er in der Klinik sicherer aufgehoben wäre« sagte sie.

»Er ist im Augenblick in einem stabilen Zustand, und es gibt nichts, was wir im Memorial momentan für ihn tun könnten. Und um ehrlich zu sein: Wir brauchen die Betten für Patienten, denen es noch schlechter geht.«

Wie krank mußte ein Patient denn noch sein, fragte

sich Mag. Daß man eine neue Leber brauchte, schien ihr schlimm genug zu sein. Der Vater legte ihr die Hand auf die Schulter. »Es wird nichts passieren, Maggie. Im Gegenteil: Es wird ihn psychisch aufmöbeln, aus dem Krankenhaus eine Weile rauszukommen. Ich weiß schon, was ich tue.«

Was den psychologischen Aspekt anbelangte, hatte ihr Vater sicher recht. Als sie nämlich Donovan am nächsten Tag besuchte, strahlte er sie an. »Ich haue hier ab«, sagte er. »Mama kommt heute abend nach der Arbeit, um mir packen zu helfen.«

»Ich fahre euch nach Hause.«

»Sie wollte uns ein Taxi rufen.«

»Warum solltet ihr soviel Geld ausgeben, wenn ich den Weg ebensogut kenne?«

»Wenn es dir nichts ausmacht.«

»Selbstverständlich nicht. Mags Taxiservice steht Ihnen zur Verfügung, mein Herr.«

»Wirst du mich besuchen kommen?«

»Jede freie Minute.« Sie sah ihm zu, wie er zum Schrank hinüberging und Kleidungsstücke aus einer Schublade räumte. Ihr wurde klar, wie sehr es ihr fehlen würde, jeden Tag mal schnell bei ihm vorbeizuschauen. Sie wußte, daß dies alles für ihn richtig war, doch sie machte sich ihretwegen Gedanken. »Ich kann dich immer in den Pausen anrufen.«

»Das wäre super.«

»Und am Wochenende könnte ich zu euch rüberkommen.«

»Mama wird uns etwas Tolles zum Abendessen kochen.«

»Und in zwei Wochen machen wir die Flußkreuzfahrt.«

»Keine Sorge, ich bin mit von der Partie.« Er kam zu ihr herüber und legte ihr seine Hände auf die Schultern. »Schau, ich mache mir auch Sorgen, wenn ich jetzt das Memorial verlasse.«

»Ich hoffe doch, nicht meinetwegen?«

»Nein, nein. Dr. Rosenthal sagt, es sei ganz natürlich, wenn ich mich unsicher fühle. Solange ich hier drin bin, kann ich jederzeit nach einer Schwester läuten, falls ich etwas brauche. Ich weiß, daß ich auf mich allein gestellt sein werde, sobald ich wieder zu Hause bin. Und obwohl ich meine Medikamente habe und das Telefon in meiner Nähe ist, macht es mir doch ein bißchen angst. Aber lieber mache ich mir ein paar Sorgen, als noch einen Tag länger hierzubleiben.« Er grinste sie an. »Übrigens hättest du Bretts Stimme hören sollen, als ich ihm am Telefon erzählte, daß ich bald nach Hause komme. Er hat schon ein paar großartige Überraschungen für mich auf Lager.«

»Das kann ich mir vorstellen.« Sie wußte, wie sehr Brett seinen Bruder vermißt hatte. Und sie selbst begann, ihre kleine Schwester Tracy zu vermissen. »Hauptsache, dir geht es gut«, sagte sie zu Donovan.

»Ich werde dafür sorgen«, erwiderte er. »Vielleicht kann ich nächste Woche ja ein paar von den Häusern besichtigen, die du mir beschrieben hast.«

»Ja, vielleicht«, entgegnete Mag und wünschte, sie hätte ihm eine größere Auswahl bieten können. »Die Maklerin ist immer noch heftig am Suchen.«

»Dann sieht ja alles ganz gut aus, findest du nicht? Wir tragen zur Entstehung des Wayfarer Inn bei, ich bin dabei, ein Haus für meine Mutter zu kaufen – dank JWC –, ich werde aus dem Krankenhaus entlassen, und als nächstes kommt eine Kreuzfahrt im Mondschein mit einem hübschen Mädchen. Mir scheint, die Dinge stehen ganz gut für mich.«

Wenn man von deiner Gesundheit absieht, dachte Mag. Sie hätte so gern seinen Enthusiasmus geteilt, aber da war diese nächtliche Fahrt nach Bethesda mit ihrem Vater... Sie hatte Donovan nie davon erzählt. Doch sie hatte am eigenen Leib erfahren, wie schnell Freude in Trauer umschlagen konnte.

»Ich habe kein bißchen übertrieben, nicht wahr? Ist es nicht perfekt?« Miss George führte Mag und Donovan durch die vordere Eingangstür des alten Hauses. Ihre Absätze klapperten über den Holzboden, und die Wände warfen das Echo zurück. »Ich konnte fast nicht glauben, daß in dieser Gegend wirklich etwas zu haben sein würde. Wie ich Ihnen schon am Telefon sagte, ist die ältere Dame, der es bis vor kurzem gehört hat, im Altersheim gestorben. Sie hatte keine Verwandten, und es gibt kein Testament. Sie hatte eine Hypothek aufgenommen, um die Kosten für das Heim aufbringen zu können. Bei ihrem Ableben hat die Bank das

Haus zum Verkauf ausgeschrieben. Und als mich mein Freund in der Bank anrief und mir davon erzählte, habe ich sofort an Sie gedacht.«

Mag schaute sich ohne große Begeisterung im Haus um. Es wirkte heruntergekommen und roch muffig, als hätte man Sonnenlicht und frische Luft allzulange von den Räumen ferngehalten. »Es ist ziemlich alt«, sagte sie in das Schweigen hinein.

»Es wurde in den neunziger Jahren des letzten Jahrhunderts erbaut. Ich weiß, man müßte einiges renovieren«, meinte Miss George hastig. »Das ist auch der Grund, warum die Bank es weit unter dem Marktwert verkauft. Aber es ist solide gebaut, und Handwerk wie dieses findet man heute gar nicht mehr. Ein paar Tapeten, ein neuer Anstrich und neue Haushaltsgeräte werden das Haus wie neu wirken lassen.«

Mag sah zu Donovan hinüber, der gerade in aller Ruhe den im viktorianischen Stil ausgestatteten Raum besichtigte. Er blieb vor dem Kamin stehen und ließ seine Hand über die Einfassung gleiten. »Dieses Sims ist handgeschnitzt«, bemerkte er.

»Es gibt oben noch einen Kamin. Und fünf Schlafzimmer.« Miss George kicherte. »Ich weiß, das Haus hat viel mehr Platz, als Sie brauchen, aber ich dachte, sie sollten das Recht haben, es als erste abzulehnen.«

Mag und Donovan wechselten einen raschen Blick. Sie hätte gern seine Gedanken gelesen. War er von diesem Haus ebenso enttäuscht wie von den anderen, die sie für ihn in die Vorauswahl gezogen hatte?

»Ich dachte, was Sie am meisten an diesem Objekt schätzen würden, wäre die Nähe zum Memorial-Krankenhaus«, fuhr Miss George fort. Sie ging zu der offenen Eingangstür mit den geschliffenen Bleiglaseinsätzen. »Es ist nur zwei Blocks entfernt.«

»Sie sagten, das Grundstück sei doppelt so groß wie die anderen?«

»Ja, das ist es tatsächlich.« Miss George strahlte wieder. »Kommen Sie mit mir durch die Küche.«

Mag stapfte hinter der Agentin und Donovan durch eine Schwingtür. Die Küche wirkte ebenso renovierungsbedürftig wie der Rest des Hauses. Miss George führte sie hinaus auf die rückwärtige Veranda und zeigte auf den Garten. »Die Bank hat ein paar Gärtner kommen lassen, um den Rasen zu mähen und den Wildwuchs zu beseitigen. Sehen Sie, wie großzügig das Grundstück ist?«

Mag sah nur, daß es eine leichte Hangneigung hatte und daß in der hinteren Ecke eine hohe Eiche wie ein riesiger Wachtposten lauerte. »Brett würde es sicher Spaß machen, hier drin zu spielen«, sagte sie in dem Versuch, etwas Begeisterung aufzubringen.

»Meine Mutter liebt viktorianische Häuser«, sagte Donovan. »Sie kauft sich ständig Bücher darüber. Sie möchte gern einen Garten haben und eine Unmenge wildwachsender Blumen, die sich im Frühling auf ihrem Rasen tummeln.«

»Kommen Sie, wir sehen uns noch das Obergeschoß an«, drängte Miss George. »Die Treppe ist aus solidem

Kirschbaumholz, und die Pfosten sind mit geschnitzten Figuren verziert – sehr ungewöhnlich. Auch über dem Treppenhaus gibt es ein Bleiglasfenster. Eine echte Antiquität!«

Als sie die Stufen hinaufgingen, leuchtete die Spätnachmittagssonne durch das alte Fenster mit den gefärbten Scheiben, was rote, gelbe und pupurfarbene Schatten über Donovans Kopf und Schultern warf. Er sah aus, als wäre er geradewegs der Vergangenheit entstiegen – als käme er aus einer Zeit und von einem Ort, die Mag nur aus Büchern kannte. Als sie von Zimmer zu Zimmer wanderten, konnte auch Mag die Schönheit des alten Hauses unter den Schichten von Schmutz und Staub erkennen. Stuckdecken und üppige geschnitzte Holzverzierungen, die nur ein wenig Politur bedurften, um sie glänzen zu lassen, fielen ihr ins Auge. »Es ist wirklich hübsch«, flüsterte sie Donovan zu, als sie das Elternschlafzimmer durchschritten.

»Unser Haus in Virgina war nur eine Imitation von dem hier«, sagte er. »Dieses Haus ist echt.«

»Brett würde garantiert jeden Tag das Treppengeländer runterrutschen.«

»Und ich könnte zwei Zimmer für mich allein haben. Eines als Schlafzimmer, das andere für meine Stereoanlage.« Er wanderte mal hierhin, mal dahin, berührte die Wände. »Mutter hätte ein Arbeitszimmer, in dem sie ihre Aktivitäten für das Wayfarer-Inn-Projekt abwickeln könnte.«

Das schien auch Mag ein zugkräftiges Argument.

Mrs. Jacoby hatte sich ziemlich engagiert, um Geld für das Projekt zu sammeln. »Denkst du, wir sollten uns noch ein paar andere Häuser anschauen?«

»Nein, dies ist das Haus, das ich für meine Mutter haben will«, sagte Donovan und schaute Miss George in die Augen. »Wie müssen wir vorgehen, um den Kauf abzuwickeln?«

»Ich kann morgen mit dem Papierkram anfangen. Alles, was ich jetzt von Ihnen brauche, ist eine Anzahlung.«

»Ich kann Ihnen sofort einen Scheck ausstellen. Sagen Sie mir bitte, was ich außerdem noch zu erledigen habe.«

Mag war völlig verblüfft, daß er seine Entscheidung in solcher Eile getroffen hatte. Es stimmte: Das Haus war von seiner Lage her perfekt, aber sie hätte es sich doch neuer und moderner gewünscht. Während Donovan und die Maklerin weitere Einzelheiten besprachen, dachte sie sich einen Plan aus, wie man das Haus aufpeppen konnte. Als sie Donovan nach Hause zurückbrachte, sagte sie: »Wir können es streichen und ausräumen. Ich weiß, daß Alana helfen wird, wenn wir sie fragen. Und es gibt noch ein paar andere auf der Station, die gern einspringen werden.« Sie machte im Geiste eine Liste all der Schwestern und Angestellten, die Donovan mochten und schätzten.

»Ich bin für jede Hilfe dankbar, die ich bekommen kann. Ich kann ein bißchen mitarbeiten, aber viel wird es sicher nicht sein. Ich habe zur Zeit keine Energien.«

Mags Herz zog sich bei seinen Worten zusammen. Sie hätte ihn so gern gesund und vital gesehen. »Wir werden's schon schaffen«, sagte sie heiter.

»Ich möchte, daß Mama das Haus in einem Topzustand sieht«, meinte er. »Aber wir dürfen für die Renovierung nicht zu lange brauchen. Ich möchte ja nicht undankbar klingen, aber ich muß darauf achten, daß alles so schnell wie möglich geht.« Er schaute zur Seite. »Die Zeit ist mein Feind«, sagte er leise.

Mags Hände verkrampften sich um das Lenkrad; denn sie wußte, was er sagte, entsprach der Wahrheit. »Wir schaffen es«, versprach sie noch einmal. Wenn JWC das Geld bereitstellen konnte, das Donovans Traum erfüllte, dann war das mindeste, was sie tun konnte, ihm zu helfen, seinen wahrgewordenen Traum im bestmöglichen Zustand zu präsentieren.

»Es ist ein wunderschönes Haus, Mag, und es gehört mir.« Er berührte zärtlich ihr Haar und strich ihr eine Strähne hinter das Ohr. »Mir allein.«

Kapitel 16

Ein Donnerschlag ließ die Fenster des alten Hauses klirren, und Regentropfen rannen an den Scheiben herab. »Das ist vielleicht ein Unwetter«, rief Alana, die gerade von der Leiter herabkletterte und einen Farbeimer in der Hand hatte. »Ich bin heilfroh, daß wir uns das Schauspiel von hier drinnen betrachten können.«

Mag hörte für einen Augenblick auf, die abblätternde Farbe von den gestrichenen Wänden zu schaben. »Vielleicht sollten wir eine Pause machen.« Der leere Raum verstärkte das Geräusch des plätschernden Regens, und sie hatten Mühe, die Musik zu hören, die aus dem tragbaren Radio dudelte. Mag drehte sich zu Donovan um. Er hockte auf einem Sessel inmitten des Zimmers und sah ihnen beim Arbeiten zu. »Möchtest du eine Kleinigkeit essen?« fragte Mag. »Ich habe Verpflegung in einer Kühltasche mitgebracht. Sie steht in der Küche.«

»Mir geht's gut«, sagte er und machte eine ablehnende Handbewegung. »Aber ihr habt eine Unterbrechung verdient.«

»Danke für die großzügige Erlaubnis«, witzelte Mag. Sie wußte, wie hart es für ihn war, nur dazusitzen und zuzusehen, obgleich er zu schwach war, etwas anderes zu tun. Mag hatte eine Arbeitstruppe organisiert, und im Laufe der vergangenen Woche hatten sie beinahe jedes Zimmer gestrichen. Die meisten Freiwilligen waren heute gegangen, bevor das Gewitter eingesetzt hatte, und nun waren nur noch eine Handvoll Leute übrig: Donovan, Alana, deren Freund Clark, Alanas Bruder Lonnie und Mag.

Von oben hörte Mag das Rumpeln des Poliermops, mit dem Lonnie die Böden wienerte. Sie hoffte, Lonnies robuste Gesundheit würde Donovan Mut schenken. Wenn man Alanas breitschultrigen Bruder ansah, war es nur schwer zu glauben, daß er mit völligem Nierenversagen in der Klinik gelegen hatte. Sicher würde auch Donovan sich körperlich so weit erholen, wenn er erst einmal seine Organverpflanzung überstanden hatte. Das redete sich Mag zumindest ein.

»Ich hole das Essen«, sagte Clark, der Alana den Farbeimer abnahm. »Veranstalten wir eben ein Zimmerpicknick.«

»Wen stört's schon, wenn es regnet«, meinte Donovan.

»Na, die Enten bestimmt nicht«, erwiderte Mag.

Clark stieß die Tür auf, die den Vorraum von der Küche abtrennte. »Ich helfe dir«, bot Alana an und rannte hinter ihm her.

»So schwer ist die Kühltasche doch gar nicht«, rief Mag den beiden nach.

»Es gibt diese Hilfe und jene Hilfe«, entgegnete Alana. »Und ich finde, ich sollte ihm mit einem Kuß oder zwei helfen.«

»Ich verstehe«, lachte Mag. Sie hockte im Schneidersitz neben Donovan auf dem Boden und ließ ihren Blick durch den teilweise gestrichenen Raum wandern. »Und, wie sieht's aus, Boß?«

»Du hast Farbtupfer im Haar.« Lächelnd zupfte er an den gefleckten Strähnen. »Und auf der Nase, den Wangen und dem Hals.«

»Ich verspreche, sie alle abzuwaschen, bevor wir nächsten Samstag auf Kreuzfahrt gehen. Du magst doch immer noch mitkommen, oder?«

»Ich habe mir sogar einen Smoking ausgeliehen. Clark ist mit mir einkaufen gegangen.«

»Das war aber sehr nett von ihm.«

»Er ist ein lieber Kerl, das stimmt. Und er und Alana mögen sich wirklich gern.«

Diese Bemerkung rief in Mag ein unbehagliches Gefühl hervor. Sie fragte sich, ob er wohl an seine frühere Freundin dachte und sich wünschte, bei ihr zu sein. »Sie sind ein tolles Paar«, sagte sie schließlich.

»Ich freue mich auf morgen abend«, meinte er.

»Und ich habe mir ein schickes neues Kleid gekauft«, teilte Mag ihm mit.

»Extra für mich?« Er grinste. »Aber halt – ich weiß doch, wie gern ihr Mädchen euch neue Klamotten kauft. Da ist euch jeder Vorwand recht.«

»Es ist nicht ›extra für dich‹«, schmollte sie. »Ich brauchte eben ein Kleid.« Normalerweise hätte sie sich nicht die Zeit genommen, einkaufen zu gehen. Doch sie hatte ihr bestes Kleid anprobiert und eine wundersame Überraschung erlebt: Es war ihr zu weit geworden. Als sie auf die Waage stieg, hatte sie gesehen, daß sie seit Anfang des Sommers zehn Pfund abgenommen hatte.

»Brauchte«, ahmte er sie mit hochgezogenen Augenbrauen nach. »Das ist so ähnlich, wie wenn Brett eine neue Plastikpistole braucht.«

»Was ist übrigens aus der geworden, die du ihm geschenkt hast?«

»Er hat zu viele Mädchen in der Schule damit umgelegt, also hat der Lehrer sie konfisziert.«

»Er ist ein süßer Junge. Ich mag ihn sehr.«

Donovan seufzte und schaute im Zimmer umher. »Ich hoffe, es wird ihm hier gefallen. Und ich hoffe, es entschädigt ihn ein wenig dafür, daß wir unser altes Haus aufgeben mußten, und daß das Leben so schwierig ist.« Er neigte den Kopf und sah Mag tief in die Augen. »Ich bin dir sehr dankbar für alles, was du getan hast«, sagte er. »Ich weiß, du hast hier eine Menge Zeit investiert.«

»Das ist schon okay.« Sie hätte nie gedacht, wieviel Arbeit es machte, ein Haus zu kaufen, bis sie ihm geholfen hatte, sein Geld von der Stiftung hier anzulegen. Sie hatte veranlaßt, daß Wasser und Elektrizität angeschlossen wurden. Sie hatte die Farben und Ausrüstungsgegenstände für das Haus ausgesucht und hertransportiert. »Ich möchte, daß es deiner Mutter gefällt. Die Maklerin hatte recht – ist wirklich ein wunderbares Haus.«

»Es ist schwierig, das alles vor meiner Mutter geheimzuhalten, aber jetzt haben wir es ja beinahe geschafft, nicht wahr?«

»Ich schätze, wir werden nächste Woche fertig.«

»Gut. Ich glaube, ich werde wesentlich ruhiger schlafen, wenn ich ihr erst einmal die Schlüssel ausgehändigt habe.«

Ein weiterer lauter Donnerschlag ließ die Fenster beben. Die Lichter flackerten und gingen dann aus. Aus der Küche hörte man Alana quieken. Über ihnen verstummte augenblicklich das Geräusch des Bohnergeräts. »Ach Gott«, stöhnte Mag. »Sieht so aus, als säßen wir im Dunkeln.«

»Hast du Angst vor der Dunkelheit?« fragte Donovan.

»Kein bißchen! Außer wenn es in diesem Haus spukt.«

»Ich könnte schwören, daß es hier drin spukt. Stell dir nur mal vor: Vor langer, langer Zeit saß ein süßes, junges, trauriges Ding hier in diesem Raum. Und ein junger Mann kam ihr nah und näher.«

»Vielleicht waren die jungen Männer damals noch anders als heute.«

»Darauf würde ich mich nicht verlassen.« Er kicherte.

Sie fühlte, wie sich im Dunkel seine Hand auf ihre legte. Seine Nähe und der einschmeichelnde Klang seiner Stimme in ihrem Ohr ließen ihren Puls schneller schlagen. »Ich habe mal gelesen, daß in früheren Zeiten junge Männer und Mädchen nicht ohne Anstandsdame zusammensein durften.«

»Wenn man damals Anstandsdamen brauchte, beweist das doch nur meine Annahme.«

»Wir haben keine Anstandsdame.«

»Vermißt du eine?«

»Wozu sollten wir sie brauchen?« Ihr Herz klopfte bis zum Hals, als er ihre Hand in der Dunkelheit noch fester umfaßte.

»Da hast du wahrscheinlich recht. Weißt du, was ich mir wirklich wünsche?« Sein Atem an ihrer Stirn verursachte ihr Gänsehaut.

»Daß das Licht wieder anginge?« Sie versuchte zu scherzen, aber das Herz schlug ihr hart gegen den Brustkorb. Sie wollte, daß er sie ganz fest umarmte.

»Ich wünschte, du hättest mich gekannt, bevor ich krank wurde. Ich wünschte, wir hätten uns treffen können, als ich noch gesund war.«

Mag sann über seine Worte nach, während sie dem Regen lauschte, der auf die Fensterbretter prasselte. Sie bezweifelte, daß er sie auch nur eines Blickes gewürdigt hätte; sie war unscheinbar und – zumindest bis vor kurzem – ziemlich pummelig. »Wenn du nicht krank geworden wärst, hätten wir uns nie getroffen«, sagte sie schließlich leise. »Aus welchem Grund hättest du jemals nach Washington kommen sollen?«

Er schwieg, aber seine Hand fuhr langsam ihren Arm hinauf bis zu ihrem Gesicht, wo seine Hände sich endlich in ihrem Haar vergruben. »Du hast recht.

Schon komisch, wie schöne Dinge aus schlimmen entstehen können.«

Mag wurde es in seiner Nähe ganz leicht ums Herz. Sie wollte von ihm geküßt werden, wollte es mehr als alles auf der Welt. »So bezeichnest du mich also – als schönes Ding?«

»Daß ich dich habe, läßt mich diese furchtbare Sache mit meiner Krankheit überhaupt nur ertragen.«

Plötzlich erhellte ein greller Blitz den Raum, und einen Moment lang sah Mag Donovans Gesicht mit leuchtender Klarheit. Sie wollte ihn festhalten, wollte ihn vor den Geistern beschützen, die über dem Haus lauern mochten.

»Alana und Clark stehen zu Ihrer Rettung bereit!« Alanas Stimme kam von der Küche aus näher. Der helle Strahl einer Taschenlampe tastete sich durch die Dunkelheit. »Ratet mal, was Clark im Auto gefunden hat!« Sie ließ das Licht über Mag und Donovan wandern. »Sieht so aus, als müßtet ihr überhaupt nicht gerettet werden.«

Mag kämpfte sich auf die Beine. »Schon in Ordnung«, sagte sie. Ihre Hände zitterten. »Uns geht's gut. Was ist mit deinem Bruder?«

»Lonnie?« schrie Alana. »Ist mit dir da oben alles okay?«

»Klar, Schwesterchen. Ich sitze hier im Dunkeln mit meiner treuen Bohnermaschine und warte, daß wir wieder Strom haben.«

»Soll Clark mit der Taschenlampe zu dir nach oben

kommen und dich zu uns runterbringen? Könnte sein, daß wir noch länger warten müssen.«

»Das wäre wirklich nett.«

Alana reichte Clark die Taschenlampe. Er ließ den Lichtstrahl zum Treppenaufgang huschen. »Ich glaube, wir sollten für heute abend alles einpacken. Ich bin sicher, der Strom wird noch länger abgeschaltet bleiben.«

»Das wäre mir sehr recht«, meinte Donovan und erhob sich. »Ich hätte nichts dagegen, früh ins Bett zu kommen. Es war ein langer Tag, und ich muß schließlich morgen auf eine Kreuzfahrt gehen, die ich keinesfalls versäumen darf.«

»Wir sind hier beinahe fertig. Den Rest können wir auch nächste Woche noch erledigen«, fügte Mag hinzu, die noch immer aufgewühlt war.

Später, als es zu regnen aufgehört hatte, beluden Clark und Lonnie das Auto, während Donovan auf dem Beifahrersitz von Mags Wagen wartete. Mag und Alana standen noch auf der Veranda. Nach dem wütenden Unwetter war die Nachtluft frisch und rein, und es duftete herrlich. »Tut mir leid, daß ich vorhin so bei euch reingeplatzt bin. Ich wollte euch nicht stören. Mein Timing ist nicht gerade das beste«, meinte Alana seufzend.

»Ich weiß gar nicht, was du meinst. Donovan und ich haben nur gemeinsam darauf gewartet, daß das Licht wieder anging. Zwischen uns ist nichts passiert.«

»Klar. Und ich bin die Königin von England.«

»Doch, es ist wahr.«

»Warum gibst du es nicht einfach zu, Mädchen? Du bist verrückt nach diesem Jungen.«

»Weil es nicht stimmt – jedenfalls nicht so, wie du es meinst.«

»Schau, du kannst es zwar mit Worten abstreiten, aber nicht in deinem Herzen. Deine Gefühle für ihn stehen dir förmlich ins Gesicht geschrieben.«

»Ich möchte nicht mehr darüber sprechen.«

»Mit Leugnen lassen sich Gefühle aber nicht austreiben. Ich weiß, was du denkst! Du denkst, es ist töricht, sich in jemanden zu verlieben, der bald sterben könnte.«

»Hör auf, das ist nicht wahr.« Und doch mußte Mag sich eingestehen, daß es stimmte. Sie wollte einfach nicht in Donovan verliebt sein.

»Man sollte seine Freunde nicht anschwindeln«, erwiderte Alana. »Hab doch nicht so viel Angst vor deinen Gefühlen. Wenn er wirklich stirbt, wirst du ihm nicht mehr sagen können, wie du für ihn empfindest. Laß die Chance dazu nicht ungenützt verstreichen.«

Mag dachte immer noch an den Verlust – diesen so sinnlosen Verlust – ihrer Freundin Cindy. Sie hatte sich leer und ängstlich gefühlt, als sie erfahren hatten, daß Cindy gestorben war. Sie konnte so etwas nicht noch einmal durchmachen. Sich einzugestehen, daß sie Donovan liebte, würde Wunden wieder aufreißen, die immer noch nicht verheilt waren, obwohl sie sich dank der Therapie schon etwas von dem Schicksalsschlag erholt hatte. Warum hatte sie nur nicht auf ihren Vater gehört, der ihr immer gepredigt hatte, sich emotional nicht zu sehr auf einen Patienten einzulassen!

Weil es schon zu spät war, als er mich warnte. Mag konnte sich diese Frage leicht selbst beantworten. »Ich weiß, daß du mir nur helfen willst«, sagte Mag zu Alana. »Aber ich weiß schließlich, was ich empfinde: Sorge ist es, und übermäßiges Engagement für einen Patienten. Sicher, es ist mehr, als ich empfinden sollte, aber es handelt sich nicht um Liebe. Und Donovan wird auch nicht sterben. Die im Krankenhaus werden für ihn eine Spenderleber finden, und mein Vater wird ihn retten. Das ist sein Beruf, wie du weißt. Er hat schon andere Menschen geheilt, und er wird auch Donovan heilen.«

Alana schüttelte langsam den Kopf. »Dein Vater ist ein wunderbarer Arzt und ein anständiger Mensch, aber verlaß dich in diesem Fall nicht zu sehr auf ihn. Das ist nicht fair. Er ist nicht der liebe Gott, und er kann keine Wunder wirken.«

»Willst du damit sagen, daß du glaubst, Donovan wird sterben?«

»Ganz und gar nicht. Ich habe das Wunder erlebt, meinen eigenen Bruder wieder geheilt zu sehen. Alles, was ich ausdrücken will, ist, daß du mit deinen Gefühlen auf Donovan zugehen und nicht aus lauter Angst die Chance verspielen sollst, etwas Wundervolles zu erleben.«

»Ich habe keine Angst«, erwiderte Mag brüsk.

»Wir *alle* haben Angst«, betonte Alana.

Mag fielen keine Worte ein, die die Ernsthaftigkeit von Alans Appell hätten vertreiben können. Sie schlang die Arme um sich und zitterte. Der Regen hatte die Nachtluft abgekühlt, doch sie wußte, daß das Zittern tief aus ihrem Innern kam und nichts mit der Außentemperatur zu tun hatte. Rein gar nichts.

Kapitel 17

Ein weiches silbernes Tuch aus Mondlicht lag über dem friedvollen, dunklen Wasser des Potomac. Während sie an Deck des riesigen Flußdampfers stand, dem Tuckern des Schiffmotors lauschte und die Strahlen des Mondlichts betrachtete, die auf dem Fluß glitzerten, fühlte Mag sich in eine völlig andere Welt versetzt. Hinter ihr drang aus dem Ballsaal die Musik des Orchesters und erfüllte die Nacht.

»Amüsierst du dich?« fragte Donovan.

»Ja, sehr. Und du?«

»Ich fühle mich heute abend besser als die ganzen letzten Tage. Es ist, als hätte man mir eine Pause geschenkt – so wie ein Urteilsaufschub, verstehst du?«

In diesem Moment und mit ihm allein im Mondlicht hatte Mag das Gefühl, seine Krankheit existierte gar nicht. Für eine kleine Weile konnte sie den wahren Anlaß vergessen, der sie zusammen auf dieses Schiff geführt hatte. »Ich wünschte, deine Mutter hätte kommen können«, sagte Mag.

»Ich habe mein Bestes getan, um sie zu überreden, aber sie hatte das Gefühl, nicht zu den Leuten zu passen. Finanziell trennen uns von der Prominenz hier ganze Welten. Wir sind froh, gerade so über die Runden zu kommen, obwohl uns jetzt natürlich das Geld von ›Mein letzter Wunsch‹ hilft. Ich habe sogar ein paar Leute gesehen, die ich aus Zeitungen und aus dem Fernsehen kenne. Ich fühle mich richtig fehl am Platze.«

»Das sind auch nur Menschen. Und sie alle wollen mithelfen, damit das Wayfarer Inn gebaut werden kann. Wir brauchen sie einfach.«

»Ich frage mich, ob JWC auf dieser Kreuzfahrt dabei ist. Was glaubst du?«

Mag schaute nachdenklich. »Ich habe die Gästeliste gesehen, aber ich erinnere mich an keinen Gast mit diesen Initialen. Warum interessiert dich das?«

»Machst du Witze? Meine Mutter wird dank JWC Hausbesitzerin werden! Ich kann mich immer noch nicht beruhigen, daß ausgerechnet ich ausgewählt wurde, um diesen Scheck zu bekommen. Natürlich bin ich neugierig auf die Person, die dahintersteckt.«

Mag richtete sich auf und verspürte einen leisen

Stich von Eifersucht, weil JWC Donovan etwas geschenkt hatte, das sie ihm nicht hatte geben können. »Keiner, den ich im Krankenhaus gefragt habe, hat je etwas von einer Stiftung namens ›Mein letzter Wunsch‹ gehört«, sagte sie.

»Ich weiß nicht einmal, ob JWC ein Mann oder eine Frau ist.«

»Was das betrifft, so kannst du nicht mal sicher sein, ob das die echten Initialen dieses Menschen sind. Vielleicht sind sie nur erfunden.«

»Aber warum?«

»Wer weiß?«

»Vertraute Fremde?« zitierte er.

Sie rief sich das betreffende Gespräch wieder in Erinnerung – Donovans Erklärung, wie Fremde sich durch ein Problem, das beide aus eigener Erfahrung kannten, verbunden fühlen konnten. Sie konnte seine Krankheit nicht mit ihm teilen, wie es bei JWC der Fall war. »Vielleicht möchte JWC einfach anonym bleiben. Reiche Leute sind manchmal so.«

»Aber ich frage mich immer wieder: warum ich? Ich bin doch ein ganz gewöhnlicher Mensch.«

Für Mag war er ganz und gar nicht gewöhnlich, doch das sagte sie ihm nicht. »Wenn du mich fragst, ich finde, JWC spielt kein faires Spiel.«

»Was meinst du damit?«

»Anonym bleiben zu wollen zeugt von Feigheit. Ich finde es jedenfalls irgendwie feige, Geld auszuteilen und dann im Verborgenen bleiben zu wollen. Was soll das beweisen? Schau dich an: Du möchtest dich gern bedanken, aber wie solltest du? Und wenn JWC schon so viel Geld hat, warum kann er dann nicht einen Schritt in die Öffentlichkeit machen und unsere Sache offiziell unterstützen?«

Donovan schüttelte langsam den Kopf. »Ich weiß es nicht. Irgendwie ergibt das schon Sinn, was du sagst. Ich würde den Menschen gern kennenlernen, der sich mir gegenüber so großzügig gezeigt hat, aber JWC hat sicher gewichtige Gründe, nicht ins Rampenlicht zu treten. Ich bin mir gar nicht sicher, ob ich mich nicht ebenso verhalten würde.«

»Aber warum?«

Donovan schob die Hände in die Tasche seiner Smokinghose und lehnte sich gegen die Reling. »All diese Leute da drinnen sind reich, und jeder weiß das.«

»Das ist einer der Gründe, warum man sie eingeladen hat.«

»Ich weiß. Sie erwarten, daß man sie zum Spenden für wohltätige Zwecke bittet, und ein paar von diesen Leuten macht das vielleicht sogar Spaß, weil sie sich dann wichtig fühlen können. Aber wenn man etwas für jemanden tut und keine Gegenleistung erwartet, dann macht einen das glücklich. Man fühlt sich dann...«, er suchte nach dem passenden Wort, »erfüllt. Jemandem heimlich etwas Gutes zu tun ist schon Belohnung genug. Vielleicht weiß JWC das auch.«

Mag kam in den Sinn, wie nett Donovan zu jedermann auf der Kinderstation gewesen war. Als sie ihn zum ersten Mal getroffen hatte, hatte er mit einem kleinen Jungen im Rollstuhl ein Rennen veranstaltet, obwohl er selbst sehr krank war. War sie nicht Schwesternhelferin geworden, weil ihr Vater sie mehr oder weniger dazu gezwungen hatte? Sie hatte sich nicht gerade darum gerissen, anderen zu helfen, ganz im Gegensatz zu Donovan oder Alana.

Hatte sie nicht mehr als sechs Monate in tiefer Trauer wegen des Verlusts von Cindy verharrt, ohne sich besonders um Cindys Eltern zu kümmern? Hatte sie sie angerufen oder ihnen in letzter Zeit einmal geschrieben? Nein, das alles hatte sie nicht. Und wie war es mit ihren eigenen Eltern? Wie viele Sorgen mußten sie sich um sie gemacht haben, als die Depressionen so stark Besitz vom Leben ihrer Tochter ergriffen hatten?

Es hat so weh getan, Cindy zu verlieren, verteidigte sie sich insgeheim. Aber zu welchem Zeitpunkt war Cindys Tod zu einer Krücke geworden, die sie als Entschuldigung benützte, um sich von Freundschaften und Beziehungen abkapseln zu können, die sie vielleicht verletzt hätten? *Vertraute Fremde.* Wollte sie wirklich für den Rest ihres Lebens so weitermachen und nie mehr dauerhafte Freundschaften eingehen, weil sie sich so sehr davor fürchtete, verletzt zu werden? Hatte Alana recht gehabt, als sie sie vergangene Nacht so herausgefordert hatte?

Sie spürte Donovans Nähe wie eine tröstende Umarmung. Sie empfand so viel für ihn. Warum hatte sie das nur nicht früher erkannt? Wie kam es, daß ein kranker, vielleicht todkranker junger Mann und ein Fremder, der anonym Geld spendete, so vieles in ihr auslösen konnten? Was hatte sie nur am Projekt des Wayfarer Inn von Anfang an so gefesselt? Natürlich war ein solches Haus notwendig, aber wenn sie ganz ehrlich zu sich selbst war, mußte sie zugeben, daß die Rivalität, die sie gegenüber JWC verspürte, ebenfalls eine Antriebsfeder gewesen war – und natürlich der Drang, daß Donovan sich ihr ebenso verpflichtet fühlen sollte wie diesem anonymen Fremden.

»Du bist ja plötzlich so still geworden, Mag. Habe ich irgend etwas erwähnt, was dich gekränkt hat?«

Donovans Frage riß Mag aus ihrer Grübelei. Schnell sah sie zu ihm hinüber. Sein Gesicht wirkte im Mondlicht sehr weich, und etwas tief in ihr begann zu kribbeln. Ein Teil von ihr, der wie unter Narkose gestanden hatte, erwachte plötzlich wieder zum Leben. »Nein, Donovan, du hast nur ein paar Sachen gesagt, die mich nachdenklich gemacht haben.«

»Ehrlich? Und was?«

»Wir sind doch Freunde, nicht wahr?«

Er wandte sich zu ihr um und nahm sie bei den Schultern. »Wenn du schon mal fragst, Maggie Charnell: Du bist der beste Freund, den ich jemals hatte.«

Ihr Inneres begann förmlich zu schmelzen.

»Schau sie dir nur an, Clark. Unsere beiden Turteltauben stehen im hinreißendsten Mondenschein und *unterhalten sich!* Ich schwöre, ich habe noch nie zwei

Menschen gekannt, die so viel Zeit mit Quatschen verbracht haben.«

Mag und Donovan fuhren synchron wie vom Donner gerührt herum. Alana und Clark waren an Deck gekommen, um sie beide zu suchen. Alana hatte die Hände in die Hüften gestemmt und trug einen absolut frustrierten Gesichtsausdruck zur Schau.

Donovan unterdrückte ein Lächeln. »Und was habt ihr beiden alles angestellt?«

»Wir haben uns jedenfalls nicht unterhalten, so viel steht fest«, antwortete Alana und warf theatralisch den Kopf in den Nacken.

Donovan sah zu Clark hinüber. Dieser zuckte nur die Schultern, drehte seine Alana zu sich herum und küßte sie fest auf den Mund. Als sie sich losriß, sagte er: »Das ist der einzige Weg, sie zum Schweigen zu bringen.«

»Mich zum Schweigen bringen!« erboste sich Alana.

»Wir sehen uns später«, rief Clark über die Schulter und spazierte quer übers Deck davon. Alana folgte ihm brav, schwor jedoch heftig Rache.

Als sie die beiden davonspazieren sah, kam die Traurigkeit wie eine hohe Welle über Mag. Doch sie wollte nicht trauern. Ganz egal, was morgen geschah und was aus ihr und Donovan werden mochte: Im Augenblick war alles sicher und erfüllt von Liebe. Sie wandte sich wieder zu Donovan. »Glaubst du, es ist in Ordnung, wenn sich beste Freunde einen Kuß geben?«

Er legte seine Arme um sie und zog sie an sich. »Ich bin sogar sicher, es ist erforderlich«, antwortete er scherzhaft. »Natürlich nur, um die Freundschaft zu festigen.«

Sie ließ die Arme um seinen Hals gleiten. »Aber wirklich nur, weil wir die besten Freunde sind«, flüsterte sie und hob ihm ihren Mund entgegen. »Und um Alana endlich von uns abzulenken.«

Er neigte seinen Kopf zu ihr hinab. »Ganz deiner Meinung. Diese Alana kann schon ziemlich lästig werden.« Sanft strich er mit den Lippen über ihren Mund.

Kapitel 18

»Der letzte Scheck wurde soeben eingereicht, und wir haben auf der Kreuzfahrt am Samstag ein Vermögen an Spenden gesammelt«, sagte Mags Mutter, als sie das Telefon in der Küche einhängte. »Das war gerade die Schatzmeisterin unseres Vorstands, und sie ist sehr zufrieden. Das wird uns, zusammen mit dem Brief, den ihr entworfen habt, einen großartigen Start verschaffen.«

Bevor sie ging, war Mag noch eine Weile stehengeblieben, um sich den enthusiastischen Bericht ihrer

Mutter anzuhören. »Das freut mich. Ich habe mich auf der Kreuzfahrt sehr gut unterhalten.«

»Wir werden uns noch weitere Wohltätigkeitsveranstaltungen einfallen lassen. Gerade im Augenblick diskutieren wir die Idee, ein Softball-Turnier für unseren guten Zweck zu organisieren. Erste Anfragen bei namhaften Sportlern waren jedenfalls recht ermutigend.« Sie beobachtet Mag, die dastand und mit ihren Autoschlüsseln herumspielte. »Ich dachte, du hättest heute morgen frei.«

»Habe ich auch. Ich fahre mit Donovan und seiner Mutter zu einem Termin.«

»Oh.« Mags Mutter begann, die Küchentheke abzuräumen. »Ich hatte gehofft, wir beide würden etwas gemeinsam unternehmen. Einkaufen gehen, zusammen zu Mittag essen – wir waren in diesem Sommer erst einmal miteinander aus.«

Mag war verblüfft über den wehmütigen Tonfall ihrer Mutter und trat näher an die Theke heran. »Ich habe es ihnen versprochen«, sagte sie. Heute war der Tag, den Donovan ausgewählt hatte, um seiner Mutter das Haus zu präsentieren und ihr von dem Scheck der Stiftung »Mein letzter Wunsch« zu berichten. Mag war wahnsinnig aufgeregt. Alle hatten so schwer gearbeitet, um mit der Renovierung fertig zu werden. Sie hätte ihrer Mutter gern erzählt, was sie vorhatte, hielt es jedoch für besser, Donovans Geheimnis noch ein Weilchen für sich zu behalten. Außerdem würden diese Neuigkeiten eine Flut von Fragen bei ihrer Mutter auslösen, die zu beantworten Mag nicht die Zeit hatte. »Vielleicht können wir ja morgen zusammen einkaufen gehen, wenn ich von der Arbeit komme«, schlug Mag vor.

»Ich freue mich schon darauf.«

Mag ging um die Theke herum und küßte ihre Mutter auf die Wange, was diese veranlaßte, sie überrascht anzustarren.

»Mir war gerade danach.« Seit der Kreuzfahrt am vergangenen Samstag verspürte sie eine Zuneigung zu ihren Eltern, die sie in dieser Stärke schon lange nicht mehr gefühlt hatte, und sie war fest entschlossen, liebevoller mit ihnen umzugehen, um sie für die Belastungen, die ihre persönlichen Probleme für die Familie mit sich gebracht hatten, zu entschädigen. Mehr als je zuvor wußte es Mag zu schätzen, wie sehr sie in den vergangenen Monaten seit Cindys Tod zu ihr gestanden hatten.

»Oh, danke. Wenn dir wieder mal danach ist – ich freue mich darüber.« Sie streckte die Hand aus und berührte Mags Wange. »Dir geht es besser, nicht wahr?«

»Du meinst wegen Cindy? Ja, ich glaube, das Schlimmste habe ich überstanden.«

»Darüber bin ich sehr froh. Ich habe es vermißt, meine Tochter um mich zu haben.«

Mag umarmte sie schnell und rannte dann zur Tür hinaus.

Als Mag ihr Auto vor dem alten viktorianischen Haus parkte, waren ihre Hände vor Nervosität ganz feucht. Mrs. Jacoby, die auf dem Rücksitz saß, fragte: »Donovan, was ist hier eigentlich los? Ihr beiden seid den ganzen Morgen über schon so komisch.«

Mag und Donovan tauschten einen schnellen Blick. »Es ist nur eine kleine Überraschung, die Mag und ich uns für dich ausgedacht haben.« Mag konnte nicht übersehen, wie müde und schmal Donovan aussah. Ein leichter gelblicher Schatten lag auf seiner Haut. Nun war der Moment gekommen, auf den er sich seit Wochen gefreut hatte, und sie würde nicht zulassen, daß irgend etwas ihn verdarb.

»Wo sind wir überhaupt?« fragte Mrs. Jacoby und spähte aus dem Fenster. »Meine Güte, was für ein zauberhaftes altes Haus.«

Donovan ging zur hinteren Wagentür und bot seiner Mutter die Hand. »Komm jetzt. Ich möchte es dir gern von innen zeigen.«

»Hast du denn die Erlaubnis dazu? Ist der Besitzer zu Hause?«

Mag spazierte mit den beiden zur Veranda hinauf und bemühte sich, das Haus mit Mrs. Jacobys Augen zu betrachten. Die Vordertür mit ihren Bleiglaseinsätzen funkelte in der Morgensonne. Sie erinnerte sich daran, wie sie jeden Zentimeter davon poliert hatte.

Donovan steckte den Schlüssel ins Schloß, drehte ihn herum und öffnete schwungvoll die Tür. »Komm, Mama. Schau dich um und sag mir, ob es dir gefällt.«

»Donovan, bist du wirklich sicher...«

Er zog sie ins Haus. »Ich bin sicher.«

Der Geruch von frischer Farbe und Zitronenöl hing in der Luft, und die Sonne schien durch die frisch geputzten Scheiben. Es hallte, als sie über den Holzboden zum Kamin hinübergingen, der nun sauber war und nicht die geringsten Rückstände alter Asche enthielt. Donovan ließ die Hand über den wunderschön geschnitzten Sims gleiten. »Was hältst du davon?« fragte er.

Seine Mutter schaute sich gründlich um. »Ich finde, dies ist das schönste Haus, das ich je gesehen habe. Wem gehört es?«

Mag trat ein paar Schritte zurück und trieb sich in der Nähe der Eingangstür herum. Sie wollte, daß die beiden diesen ganz besonderen Augenblick für sich hatten, doch sie platzte beinahe vor Ungeduld, wann Donovan seiner Mutter endlich die Wahrheit sagen würde.

Er ging auf seine Mutter zu und nahm ihre beiden Hände in seine. »Ich möchte dich wissen lassen, wieviel es mir bedeutet, was du für mich getan hast.«

»Was habe ich denn getan?«

»Du hast unser Haus verkauft und bist mit uns hierhergezogen, damit ich in der Nähe des Memorial bleiben und die Chance haben konnte, diese Transplantation zu bekommen.«

Sie schüttelte den Kopf. »Das war einfach wichtig für dich, und ich habe nicht weiter darüber nachgedacht. Du bist mein Sohn, und ich liebe dich. Es war viel schwerer für Brett als für mich, obwohl ich glaube, sogar er hat sich mittlerweile eingewöhnt.«

»Aber ich weiß, was unser Haus dir bedeutet hat.«

»Es war alt und renovierungsbedürftig.« Sie war ganz offensichtlich verwirrt von seinen Worten.

»Es war unser Zuhause«, beharrte Donovan.

»Nun, wenn du mich hierhergebracht hast, um mir zu zeigen, wie schön ein altes Haus sein kann, dann ist dir das gelungen. Ich finde dieses hier bezaubernd.«

»Sie haben das obere Stockwerk noch nicht gesehen«, platzte Mag heraus.

Mrs. Jacoby drehte sich zu ihr um und lächelte sie an. Ihre Augen wurden schmal. »Was habt ihr beiden da ausgekocht?«

Mag warf Donovan einen raschen Blick zu und zuckte hilflos mit den Schultern. Er hielt die Hausschlüssel in die Höhe, öffnete die Hand seiner Mutter und ließ die Schlüssel hineinfallen. »Es gehört dir, Mama. Dies ist dein Haus – unseres, genauer gesagt. Und es ist ein Geschenk.«

Mrs. Jacobys Blick, der Verwirrung ausgedrückt hatte, zeigte nun Skepsis. »Komm, Donovan, du wirst doch nicht erwarten, daß ich glaube, jemand hätte uns dieses Haus *geschenkt!*«

»Glaub es lieber. Es ist eine lange Geschichte, und ich werde mich sofort hier auf den Boden setzen und dir alles erzählen. Aber schau dir zuerst das da an.« Er faßte in seine hintere Hosentasche und zog einen gefalteten Briefumschlag hervor. Mag wußte, daß sich darin die Schenkungsurkunde für das Haus befand.

Als Mrs. Jacoby das rechtsgültige Dokument durchlas, spiegelte ihr Gesichtsausdruck nacheinander Zweifel, Schock und Fassungslosigkeit wider. »Aber wie...« Ihre Stimme brach.

Donovan sagte: »Ich habe es für dich und Brett gekauft. Ich möchte, daß ihr wieder ein Zuhause habt. Um euch das andere zu ersetzen.«

»Aber...«

Er schüttelte den Kopf. »Warte noch eine Minute.« Er öffnete seine Arme ganz weit. Mag sah, wie sich seine Mutter an seine Schulter lehnte. Sonnenstrahlen wanderten hell und golden wie eine weiche Berührung über die beiden, die eng umschlungen dastanden. Mag drängte die Tränen zurück, als sie hörte, wie Mrs. Jacoby leise in den Armen ihres Sohnes weinte. »Ich liebe dich, Mama«, sagte er.

Es dauerte mehr als eine Stunde, bis Donovan und Mag alles über die Stiftung »Mein letzter Wunsch« berichtet hatten und bis Mrs. Jacoby ihnen endlich glaubte. Sie hatte viele Fragen, die keiner von ihnen beantworten konnte, aber Donovan zeigte ihr den Brief und eine Fotokopie des Schecks, die Mag auf dem Kopierer im Krankenhaus gemacht hatte. Diese Dinge und die Schenkungsurkunde für das Haus waren die einzigen Beweise, die sie vorlegen konnten. Doch schließlich akzeptierte Mrs. Jacoby die Wahrheit.

Sie besichtigte jeden Quadratzentimeter des Hauses und freute sich über alle möglichen Details, die Mag völlig entgangen waren, obwohl sie mitgeholfen hatte, das ganze Haus zu renovieren. Dessen Geräumigkeit überwältigte Mrs. Jacoby fast, doch schon bald machte sie Pläne für jedes einzelne Zimmer. Sie wäre gern noch länger geblieben, aber Donovan fühlte sich nicht wohl; also fuhr Mag die beiden zurück in ihre Wohnung.

Mrs. Jacoby plauderte die ganze Fahrt über. »Vielleicht können wir es arrangieren, schon nächstes Wochenende umzuziehen. Ich werde mal mit meinem Vermieter reden. Wir könnten einen Umzugswagen brauchen! Glaubst du, daß ein paar von den Leuten, die euch geholfen haben, das Haus herzurichten, uns auch beim Umzug behilflich sein würden? Ich kann zwar nichts dafür bezahlen, aber ich würde uns einen großen Topf Chili kochen...«

Mag sah, daß Donovan hochzufrieden war, doch er schien auch müde und erschöpft. Er lehnte sich während der Fahrt in seinem Beifahrersitz zurück und schloß die Augen. Schließlich waren sie angekommen, und Mag ließ die Jacobys aussteigen – nicht ohne versprochen zu haben, später noch einmal anzurufen. »Ich muß es jetzt erst einmal meiner Mutter erzählen«, meinte sie. »Wenn sie herausfindet, daß ich an eurem Haus so viel mitgearbeitet habe, läßt sie mich wahrscheinlich gleich bei unserem weitermachen.« Sie verzog das Gesicht, und Mrs. Jacoby mußte lachen. Dann winkten sie sich zum Abschied zu.

Zu Hause angekommen, fand sie ihre Mutter am Pool. »So schnell schon zurück?« fragte diese.

»Donovan hat sich nicht wohl gefühlt, also haben wir es kurz gemacht.«

»Was habt ihr kurz gemacht?«

Mag zog sich einen Liegestuhl heran, setzte sich und machte sich daran, ihrer Mutter die ganze Geschichte zu erzählen. Als sie damit fertig war, starrte die Mutter sie fassungslos an. »Ich kann es nicht glauben«, meinte sie nur.

»Tut mir leid, daß ich dir nicht früher etwas von der Stiftung und dem mysteriösen JWC gesagt habe, aber es war schließlich Donovans Geld, und er hat mich gebeten, alles geheim zu halten, bis er seiner Mutter das Haus übergeben hat.«

»Weiß dein Vater davon?«

»Nein, nicht einmal Vater.«

»Und ihr beide, Donovan und du, habt alles ganz allein bewerkstelligt?«

»Ja«, mußte Mag zugeben. »Bist du jetzt wütend auf mich?«

»Wütend? Ich bin beeindruckt!« Ihre Mutter strahlte über das ganze Gesicht.

»Wirklich?«

»Dein Einfallsreichtum ist überwältigend.«

»Meinst du?«

»Mag, ich finde es fabelhaft, was du da gemacht hast. Bitte fang doch ganz von vorne an und erzähl mir die Geschichte noch einmal. Jede Einzelheit will ich hören – und laß nichts aus. Dann werde ich mich daranmachen, etwas über diese Stiftung ›Mein letzter Wunsch‹ herauszufinden. Ich bin der Meinung, an die muß man unbedingt wegen einer größeren Spende für das Wayfarer Inn herantreten.«

Mag starrte ihre Mutter mit offenem Mund an. »Na, so was! Genau das wollte ich ebenfalls machen!« rief sie. »Ich fand auch, daß diese Stiftung eine schöne Summe beitragen müßte.«

Ihre Mutter grinste. »Der Apfel fällt nicht weit vom Stamm«, zitierte sie. Dann beugte sie sich zu ihrer Tochter und zwinkerte. »Komisch, nicht wahr?«

Sie verbrachten den ganzen Nachmittag miteinander, unterhielten sich und lachten, als Mag von ihren Erlebnissen als Schwesternhelferin erzählte. Es war schon nach sechs, als ihrer Mutter einfiel, daß sie das Abendessen vorbereiten mußte. »Dein Vater hat versprochen, heute abend zu Hause zu sein.«

»Vielleicht sollten wir zum Essen ausgehen«, schlug Mag vor. »Papa war schon eine Ewigkeit nicht mehr mit uns beiden aus.«

»Gute Idee! Ich denke, wir sollten uns umziehen. Und sobald er das Haus betritt, bearbeiten wir ihn. Aber wie könnte er eine Einladung von zwei so tollen Frauen wie uns beiden ablehnen?«

Bevor Mag etwas darauf erwidern konnte, schrillte das Telefon. Sie zuckte zusammen. Ihre jahrelange Erfahrung mit klingelnden Telefonen um die Essenszeit hatte sie gelehrt, was es bedeuten würde: Ihr

Vater war mit einem Notfall beschäftigt und konnte nicht zum Abendessen nach Hause kommen. Sie versuchte ihre Enttäuschung zu unterdrücken. Die Mutter ging ans Telefon, und ihr Lächeln verblaßte, als sie mit Mags Vater sprach. Als sie einhängte, machte sich Mag auf schlechte Neuigkeiten gefaßt.

»Es geht um Donovan«, sagte Mags Mutter. »Er wurde soeben auf die Intensivstation gebracht und ist ohne Bewußtsein.«

Kapitel 19

Mag fühlte sich außerordentlich fehl am Platz, obwohl sie sich in der vertrauten Umgebung des Memorial aufhielt. Doch heute war sie nicht als Schwesternhelferin hier, sondern als Besucherin. Oder besser: als Beobachterin, als Mensch, der auf Nachricht von jemandem wartet, der ernsthaft erkrankt ist. Sie fühlte sich fürchterlich hilflos.

Ihre Mutter saß in einer Ecke mit Mrs. Jacoby zusammen, hielt deren Hand und tröstete sie. Brett saß zusammengesunken auf einem anderen Stuhl und starrte in seinen Schoß. Seine Beine baumelten in der Luft, weil er zu klein war, um sie auf den Boden zu stellen. Sein Anblick, wie er da so klein und verloren im Wartezimmer saß, rührte Mag so sehr, daß es ihr die Kehle zusammenschnürte. Er schaute unglücklich zu ihr herüber. »Donovan ist zusammengebrochen und hingefallen«, sagte er. »Er hat geblutet.«

Mag ließ sich auf den Stuhl neben ihm gleiten und legte den Arm um ihn. »Das tut mir leid, Brett. Aber die Ärzte kümmern sich gerade um ihn. Du mußt nur fest daran glauben, daß es ihm bald wieder besser gehen wird.«

»Wird dein Papa ihm jetzt eine neue Leber einsetzen?«

Traurigkeit schien Mag zu überwältigen. Sie wußte, daß Donovan von den Ärzten der Prioritätsstatus neun zugewiesen worden war – das hieß, seine Transplantation hatte höchsten Vorrang –, doch sie hatte noch nichts darüber gehört, ob die bundesweite Suche nach einer Spenderleber schon Erfolg gehabt hatte. »Ich weiß, daß mein Papa alles Menschenmögliche tun wird«, sagte sie Donovans traurigem kleinen Bruder.

»Das letzte Mal, als Donovan so krank wurde, hat Mama mir gesagt, daß Donovan vielleicht in den Himmel kommen wird. Aber dann ist es ihm wieder besser gegangen, und er durfte nach Hause gehen. Wird er jetzt in den Himmel kommen, wenn dein Papa keine neue Leber für ihn findet?«

Seine Fragen und seine Unschuld schnitten Mag ins Herz. Doch da seine Mutter mit ihm die Möglichkeit besprochen hatte, daß Donovan sterben könnte, hätte

Mag es für grausam gehalten, über die Besorgnis des Jungen einfach so hinwegzugehen. Sie selbst jedoch konnte den Gedanken kaum ertragen. »Ich… ich weiß nicht. Vielleicht.« Sie wandte den Kopf ab und rang um Selbstbeherrschung.

»Er kann doch meine Leber haben«, meinte Brett. »Ich habe Leber sowieso noch nie gern gemocht.«

Seine kindlich-verdrehte Sicht der Dinge ließ Mag kurz lächeln . »Tut mir leid, aber jeder Mensch braucht seine eigene.«

Sie hörte, wie jemand ins Zimmer eilte, und als sie aufblickte, sah sie Alana, Clark und Lonnie. Sofort umringten sie Mag und Brett. »Mrs. Vasquez hat mich angerufen und mir alles erzählt. Oh, Mag, es tut mir so leid.«

»Es ist wirklich eine Schande«, murmelte Clark. »Gerade erst am Montag haben wir seinen Leih-Smoking zurückgebracht. Er fühlte sich nicht wohl, aber ich habe mir nicht viel Gedanken darüber gemacht, da es ihm ja eigentlich nie recht gut geht.«

»Ich glaube, er hat all seine Kräfte noch einmal zusammengenommen, um durchzuhalten, bis das Haus fertig war«, sagte Mag, die die Wahrheit wohl als einzige richtig erkannte. Hätte er auch nur einen Ton gesagt, daß er sich krank fühlte, dann hätte man ihn sicher sofort zurück ins Krankenhaus gebracht. »Der Moment, in dem er seiner Mutter die Schlüssel übergeben konnte, bedeutete ihm alles.«

»Laßt uns die Hoffnung nicht aufgeben«, mahnte

Lonnie. »Ich weiß, wie es ist, in einem Krankenhaus zu liegen, zu denken, das Leben sei vorüber, und dann wendet sich doch noch alles zum Guten. Das kann bei Donovan genauso passieren, wenn sie erst eine Spenderleber für ihn gefunden haben.«

Mag lauschte Lonnies Worten, als kämen sie direkt aus der Bibel. *Wenn sie erst eine Spenderleber für ihn gefunden haben.* Plötzlich hatte sie das Gefühl, Donovan sehen und ihn berühren zu müssen. Mag fuhr schnell mit der Zunge über die trockenen Lippen und stand auf. »Bleibt ihr bitte hier bei Brett? Ich bin gleich wieder zurück.«

Clark ließ sich in ihren Stuhl fallen. »Hallo, Brett, mein Junge. Ich bin Clark. Weißt du, dein Bruder und ich sind Freunde.«

Mag verließ den Warteraum, rannte zum Aufzug und drückte ungeduldig den Knopf, damit sie so schnell wie möglich ins Büro ihres Vaters kam. Es gab keinen Grund zu der Hoffnung, daß er überhaupt da sein würde, doch sie hoffte es sehr. Sie mußte mit ihm reden und wollte offen und ehrlich hören, wie die Suche nach einem Spenderorgan voranschritt.

Da es schon so spät war, war es auf den Gängen gespenstisch ruhig. Hastig eilte sie den langen Flur entlang und hielt erst vor der Tür zum Büro ihres Vaters inne. Sie flüsterte ein schnelles Stoßgebet, drückte die Klinke und trat ein. »Papa?« fragte sie.

Langsam wandte er sich in seinem Drehstuhl um und schaute sie an. »Hallo, Maggie.«

Kälte strömte ihr bis ins Herz. »Wieso bist du nicht unten und bereitest dich auf die Operation vor?«

»Gerade hat mich jemand aus dem Labor angerufen. Donovans Nieren haben versagt.«

Mags Beine drohten zu versagen. Sie kniete sich vor ihren Vater und starrte zu ihm hinauf. »Also müßt ihr jetzt auch noch eine Nierentransplantation vornehmen?«

Er antwortete nicht sofort, sondern atmete tief ein. »Es wird gar keine Transplantation geben. Wir haben keine Zeit mehr.«

Sie schnappte hörbar nach Luft. »Ist er ... ist er ...?«

Ihr Vater schüttelte den Kopf. »Noch nicht. Ich sitze hier schon eine Weile und zerbreche mir den Kopf darüber, wie ich es seiner Familie beibringen soll.« Er schaute ihr in die Augen. »Und dir.«

Sie erkannte, daß die Trauer ihres Vaters echt war. Wozu war der ganze technische Fortschritt überhaupt gut, wenn er nicht eingesetzt werden konnte, wo er nötig war? »Weiß es Donovan?«

»Er ist nur halb bei Bewußtsein, und ich bin nicht sicher, ob er mitbekommt, was vorgeht. Ich bezweifle es allerdings. Er wird einschlafen und von einer Welt in eine andere gleiten. Ich kann es nicht aufhalten.«

Mags Schmerz war in Taubheit übergegangen. Der Lichtkegel der Lampe fiel direkt auf die Hände ihres Vaters, die er im Schoß verschränkt hatte. Seine Finger waren lang und schmal und makellos sauber, und sie rochen leicht nach antiseptischer Seife. *Chirurgen-*

hände. Hände, die heilten. Ihr war, als sähe sie sie zum ersten Mal.

Er hatte schöne Hände, und sie besaßen die Macht, Leben von einem Menschen auf einen anderen zu übertragen. Und doch waren seine Hände jetzt zum Nichtstun verurteilt – trotz all seines Wissens, seiner Fähigkeit und chirurgischen Geschicklichkeit. Er konnte Leben erhalten, aber nicht neu erschaffen.

Dann starrte sie auf ihre eigenen Hände. Sie waren kleiner als seine, und ein paar hartnäckige Farbflecken saßen immer noch unter den Fingernägeln. Sie dachte an Alanas Hände, die dunkel und flink waren, und an alle Hände, die sich schützend über Donovan und seine Familie legten – menschliche Hände, helfende, heilende, gebende Hände. Vielleicht war dies auf lange Sicht das einzige, was im Leben überhaupt zählte: einander zu helfen.

Mag bedeckte die Hände ihres Vaters mit ihren eigenen. »Wir haben gegen die Regeln verstoßen, nicht wahr, Vater? Wir haben uns emotional zu sehr verstrickt.«

Er nickte. »Ich fürchte, ja, Maggie.«

»Darf ich noch einmal allein zu ihm? Nur eine Minute, während du hinuntergehst und es Brett und seiner Mutter sagst?«

Statt einer Antwort nahm er sie bei der Hand und führte sie aus seinem Büro.

Der Wachraum war still und dunkel – bis auf das einsame Piepen der Maschinen und das Leuchten des Monitors. Auf dem Bett warf Donovan sich ruhelos herum, als ob er darum kämpfte, dableiben zu können, wo er war. Schläuche und Drähte waren an nahezu jedem Teil seines Körpers befestigt. Mag starrte hinunter auf ihn und dachte: *Er ist angebunden! Diese Schnüre fesseln ihn ans Bett!* Würde er sonst fortfliegen?

Sie fühlte sich seltsam distanziert, als wäre sie ein außerirdisches Wesen, das etwas sieht, was in seiner Welt der Gesunden keinen Sinn ergibt. Krankheit hatte sie schon gesehen, o ja, doch den Tod? Der Tod sah ganz anders aus.

»Donovan, ich bin's, Mag. Ich bin hier bei dir – ich möchte, daß du das weißt.« Sie konnte nicht feststellen, ob er sie hörte oder sich überhaupt an sie erinnerte.

»Kalt«, murmelte er. »So kalt.«

Sein Unbehagen machte ihr angst, und sie sah sich nach einer weiteren Decke um, die sie über ihn legen konnte. Doch es gab keine. Sie hätte zum Schwesternzimmer laufen und nach einer Decke fragen können, aber sie hätte es nicht ertragen, ihn auch nur für eine einzige Minute zu verlassen. So, wie es aussah, blieb ihnen ohnehin kaum Zeit.

Der Vorhang an der Glastrennwand war zurückgezogen, und sie sah eine Schwester, die sich über ein Krankenblatt gebeugt hatte und es sorgfältig ausfüllte.

Eine Glasscheibe und zwanzig Schritte trennten sie voneinander, doch es hätte ebensogut eine Erdspalte sein können. Sie erwiderte Mags Blick nicht, sosehr diese sich auch bemühte.

»Kalt«, flüsterte Donovan wieder, und seine Zähne klapperten.

Fieberhaft überlegte Mag, was sie tun sollte; dann faßte sie hinüber und zog den Vorhang vor die gläserne Wand. Nun waren sie und Donovan vom Hauptraum getrennt. Sehr behutsam schob sie die Drähte und Schläuche zur Seite und glitt sanft neben ihn auf das Bett, so daß sein Rücken an der Vorderseite ihres Körpers ruhte.

Sie wußte, daß sie gegen sämtliche Regeln verstieß, doch das war ihr egal. Er brauchte sie. Mit großer Zärtlichkeit schlang sie die Arme um ihn und drückte ihn an sich.

Mit aller Willenskraft versuchte sie, die Wärme aus ihrem Körper in seinen strömen zu lassen und hoffte zugleich, er möge ein wenig Leben von ihr in sich aufnehmen. Sie hätte ihm mit Freude ein paar Jahre ihres Lebens geschenkt. »Ich bin hier, Donovan«, flüsterte sie in seinen Nacken. »Ganz nah bei dir.«

Es schien, als hörte er auf zu zittern, und nach einigen Minuten hatte sich sein ganzer Körper entspannt. Sie schmiegte sich noch enger an ihn, spürte sein Gewicht in ihren Armen und erinnerte sich an sein Lächeln. Tränen strömten ihr über die Wangen.

Mit einer Hand strich sie ihm über das Haar. »Wenn

du dort angekommen bist, wo du gerade hingehst«, wisperte sie in sein Ohr, »dann vergiß mich bitte nicht. Und schau dich um nach einer Freundin von mir. Sie heißt Cindy, und sie wird dir gefallen. Glaub mir das.«

Sie flüsterte seinen Namen wie ein Gebet. »Donovan. Donovan. Donovan.«

Kapitel 20

Mag stand oben an der Treppe und schaute auf das geschäftige Treiben hinab. Zimmerleute hämmerten an Brettern herum und legten letzte Hand an eine Sonnenveranda und einen zusätzlichen Eingang, die man dem alten viktorianischen Haus nachträglich angebaut hatte. Maler und Dekorateure rannten von Zimmer zu Zimmer und schleppten Stoffballen und Farbeimer hin und her. Sie hörte die Stimme ihrer Mutter. »Beeilt euch! Die Reporter und Fernsehleute werden in einer knappen Stunde hier sein!«

»Wo soll dieses Tablett mit den Imbißhäppchen hin?« schrie eine andere Stimme aus der Küche.

»Stellen Sie es in den Kühlschrank und vergessen Sie bitte nicht, die anderen aus dem Ofen zu nehmen«, erwiderte Mrs. Jacoby. Sie stand auf einer Leiter, gestützt von Alana, und befestigte ein Schild an der Wand. Direkt daneben hing ein übergroßer Bauplan vom Wayfarer Inn.

Mag wußte auswendig, was auf dem Schild eingraviert war, denn es war ein Geschenk von allen Schwesternhelferinnen gewesen, die im vergangenen Sommer im Memorial gearbeitet hatten: Es war Donovans Andenken gewidmet. Sie konnte kaum glauben, daß seit seinem Tod schon acht Monate vergangen sein sollten. Damals hatte sie gedacht, sie würde nie darüber hinwegkommen, doch obwohl sie ihn noch immer schmerzlich vermißte, war der scharfe Schmerz über seinen Verlust mit der Zeit einer verschwommenen Sehnsucht gewichen.

Sie war sicher, ihre tatkräftige Mithilfe bei der Renovierung des Hauses hatte die Zeit schneller vergehen lassen. Mit absoluter Klarheit erinnerte sie sich noch an den Tag, an dem Mrs. Jacoby auf sie und ihre Mutter zugekommen war und gefragt hatte: »Kann ich mit Ihnen über eine spezielle Sache sprechen?«

Donovans Mutter hatte blaß ausgesehen, und der Kummer war ihr ins Gesicht geschrieben gewesen. Es waren erst ein paar Tage vergangen, seit Donovan auf der Intensivstation gelegen hatte. »Es geht um das Haus«, hatte Mrs. Jacoby gesagt, als Mags Mutter den Tee am Pool serviert hatte.

»Ist irgend etwas damit nicht in Ordnung?« hatte Mag gefragt.

»Ich kann da nicht wohnen.«

Mag war wie vom Donner gerührt gewesen. »Aber warum denn nicht? Donovan wollte, daß Sie das Haus haben. Es hat ihm so viel bedeutet!«

»Ich kann dort nicht leben und zugleich wissen, daß so viele Eltern keinen Ort zum Wohnen haben, wenn ihre Kinder im Memorial auf eine Transplantation warten.«

»Wir beeilen uns, sosehr wir können, um Spenden für das Wayfarer Inn aufzutreiben«, hatte Mags Mutter gesagt. »Alles läuft sehr gut, aber diese Dinge dauern eben ihre Zeit.«

»Das ist es ja gerade. So viele Kinder haben einfach keine Zeit! Aber ich habe eine Idee, wie wir das Problem lösen können.« An diesem Nachmittag hatte sie ihnen ihren Plan erklärt: Sie wollte das Haus renovieren, weitere Räume anbauen und es als Übergangslösung anbieten, bis das Wayfarer Inn gebaut werden konnte. Sie meinte, sie und Brett würden dort wohnen und den Eltern zur Seite stehen, deren Kinder einer Transplantation entgegensahen. »Es scheint mir absolut logisch«, hatte sie hinzugefügt, nachdem sie ihre Pläne in Worte gefaßt hatte. »Donovan hat dieses Haus ausgesucht, weil es so nah bei der Klinik liegt. Ein paar Schwesternhelferinnen könnten mir zur Hand gehen, und wir könnten kochen, die Räume sauberhalten und jüngere Kinder beaufsichtigen. Ich habe sehr gründlich über all das nachgedacht, und ich will es unbedingt anpacken.«

Der Vorstand der Juniorliga hatte die Idee ausgezeichnet gefunden. Man hatte Gelder für die Renovierung gesammelt und Mrs. Jacoby zur Verwalterin für das Wayfarer Inn ernannt, wobei man ihr gleichzeitig anbot, ihren Verantwortungsbereich auch auf das neue Wayfarer Inn auszudehnen, wenn es erst einmal gebaut war. Mag hatte sich sehr für sie gefreut. Offensichtlich war es genau das, was Mrs. Jacoby tun wollte, und es schien ihrem Leben neuen Sinn zu schenken.

Und jetzt, in etwas weniger als einer Stunde, würden Journalisten und hochkarätige Fernsehleute aus Washington und Virginia auftauchen, um bei der offiziellen Einweihung des Wayfarer Inn Nummer eins dabeizusein. Mag trat hastig zur Seite, als ein Innenausstatter vorbeisauste und mit einigen Tapetenrollen jonglierte.

»Du mußt sehr stolz auf das hier sein«, sagte plötzlich eine vertraute Stimme.

Mag drehte sich um und erkannte Mrs. Vasquez, die neben ihr stand. »Ich habe damit ja nicht allzuviel zu tun gehabt. Es war Mrs. Jacobys Idee.«

»Ich weiß, wie sehr du ihr geholfen hast«, beharrte die Schwester.« Und ich habe Abzüge von dem Brief gelesen, den du, zusammen mit Alana und Donovan geschrieben hast. Er läßt eine Menge Spendengelder fließen.«

»Wir sind noch weit davon entfernt, das Haupthaus bauen zu können.«

»Ein Jahr etwa, habe ich gehört. Das ist doch gar nicht so lange.«

Mag hob die Schultern. »Dann bin ich schon in der Abschlußklasse.«

»Wirst du kommenden Sommer wieder im Krankenhaus arbeiten?« fragte Mrs. Vasquez.

»Ich weiß es nicht geanu.« Mag war nicht sicher, ob sie einen weiteren Sommer wie den letzten überstehen konnte. Wie schafften das richtige Krankenschwestern wie Mrs. Vasquez nur Jahr um Jahr, sich um Menschen zu kümmern, die manchmal nicht wieder gesund wurden?

»Soll ich dir mal was sagen?« fragte Mrs. Vasquez.

»Was denn?«

»Du hast eine echte Begabung für die Medizin.«

Mag starrte sie völlig verblüfft an. »Wer, ich?«

»Ich war nicht von Anfang an davon überzeugt«, fuhr Mrs. Vasquez fort. »Als du zum ersten Mal auf unserer Station aufgetaucht bist, habe ich gedacht: ›Die wird nur bis zum Ende der ersten Woche durchhalten.‹ Aber du hast mich erstaunt. Du bist nicht nur geblieben, sondern hast eine echte Begabung für die Medizin bewiesen.«

»Eine Begabung? Ich?«

Mrs. Vasquez lachte. »Schau nicht so schockiert. Ich arbeite seit über zwanzig Jahren in meinem Beruf, und ich habe eine Menge medizinisches Personal kommen und gehen sehen. Glaub mir, nicht alle, die im Krankenhaus arbeiten, sind dort richtig aufgehoben. Nein, nein – echte Heiltätigkeit erfordert eine Fähigkeit zur Fürsorge. Dein Vater hat sie. Und soweit ich das erkennen konnte, hast du sie auch.« Die Schwester streichelte Mag über den Arm. »Wenn es soweit ist, wirst du dir Gedanken darüber machen, ob du Ärztin werden willst. Ich weiß, du würdest diese Aufgabe hervorragend meistern.«

Mag fühlte sich von Mrs. Vasquez rasch umarmt, dann sah sie sie davoneilen. Sie machte sich Gedanken über dieses Gespräch. Sie – eine Ärztin? Unmöglich!

»Willst du den ganzen Tag da stehenbleiben und Löcher in die Luft starren, oder wirst du jetzt mal hier herunterkommen und uns zur Hand gehen?« rief Alana aus dem Erdgeschoß zu Mag herauf.

»Ich komme schon«, antwortete Mag. Sie ließ ihren Blick noch einmal im oberen Stockwerk umherwandern und verharrte an dem Bleiglasfenster beim Treppenabsatz. Die wundervollen Farben ließen sie zurückdenken an jenen Tag, an dem Donovan und sie dieses Haus zum ersten Mal besichtigt hatten. Sie konnte seine Anwesenheit förmlich spüren. Ganz bestimmt war er am heutigen Tag auch irgendwie unter ihnen – genauso wie jener geheimnisvolle JWC, dessen Identität immer noch ein Geheimnis war, wie sehr Mags Mutter sich auch bemühen mochte, etwas über ihn herauszufinden.

Mag wußte, daß Donovan stolz auf das sein würde, was hier im Haus vor sich ging. Sie schlenderte die Treppe hinab und wich dabei einem Mann aus, der einen neuen Teppich verlegte. Mag war sicher, daß sie nie genügend Geld besitzen würde, um Bedürftigen große Summen zukommen lassen zu können, doch sie hatte anderes zu bieten. »He, Alana«, rief Mag, als sie im Erdgeschoß angelangt war. »Weißt du, was ich mir überlegt habe? Vielleicht könnten wir zusammen Medizin studieren. Was hältst du von einer Karriere in der Kinderheilkunde?«

GOLDMANN

Hans Kruppa

»Ich schreibe, wenn es mir gut geht; wenn es mir schlecht geht, schreibe ich genauso gut.«
In seinen Gedichten ermutigt Hans Kruppa den Leser mit erfrischender Leichtigkeit, das Glück des Augenblicks zu genießen.

In deiner Nähe 41157

Nur wer sich liebt 8971

Du lebst in mir 9716

Kaito 41085

Goldmann · Der Taschenbuch-Verlag